„Behandle deine Patienten so,
wie du dein eigenes Kind behandeln würdest."

Dr. Dr. med. Friedrich Wetzel (1911-1996)

Ein wunderbarer Arzt

Die unglaubliche Geschichte eines Hochstaplers

Roman

SANDRO *zu* GUMPPENTAL

Vollständige Ausgabe

November 2014

Copyright 2014 SzGumppental

Herstellung und Verlag:

BoD - Books on Demand, Norderstedt

ISBN 978-3-7347-3033-7

Printed in Germany

Er erreichte die nordbayerische Kreisstadt an einem
Sonntagabend gegen 21 Uhr.

Bereits im letzten Sommer hatte er dieses nette
Städtchen ausgiebig kennengelernt.

Nun war er wieder Anfang März für zwei Wochen als
Honorararzt an diesen Ort gerufen worden.

Honorarärzte nennt man in den letzten Jahren Ärzte aller
möglichen Fachrichtungen, die als Vertreter wegen
Urlaub oder Krankheit, oder auch wegen Personal-
notständen, meist über Agenturen, an Krankenhäuser
oder Arztpraxen vermittelt werden.

Das Navigationsgerät seines Autos leitete ihn bei der
Dunkelheit sicher zum Haus des Allgemeinarztes
Dr. Mayer.

Er hatte eine angenehme Fahrt gehabt, da die Straßen
schnee- und eisfrei gewesen waren.

Er stoppte vor dem Sektionaltor der Doppelgarage, stieg aus, um den Schlüssel der hinteren Garagentüre aus einem Versteck zu holen, wie er es mit dem Hausherrn abgesprochen hatte.

Er griff am Gartentor durch den Jägerzaun und öffnete dieses mit der inneren Türklinke. An der Garagenwand ging die Außenlampe an, sie war mit einem Bewegungs-melder ausgerüstet. Er erschrak ein wenig, da im gleichen Moment eine schwarz-weiße Katze aus einem Beet, direkt am Gehweg, blitzschnell die Flucht ergriff und hinter das Haus rannte.
Nach wenigen Sekunden hörte er das Geräusch eines schwingenden Katzentürchens.

Das heimische Ehepaar war bereits am Samstag mit dem Auto zum Skiurlaub in die Schweiz aufgebrochen und er sollte nun für diese Zeit die Vertretung in der

Hausarztpraxis übernehmen.

Es war eine kleine, feine Praxis, die der ältere Herr selbst

aufgebaut und schon mehr als 30 Jahre geführt hatte.

Alexander betätigte den Elektroschalter für das Licht und

den Torantrieb der Garage.

Auf den rechten freien Platz fuhr er nun seinen Wagen.

Links stand der silberfarbene Golf der Arztehefrau, den

er in dieser Zeit für die Praxisfahrten nutzen sollte.

Aus seinem schwarzen BMW *330D TOURING XDRIVE*

lud er die beiden mittelgroßen Reisekoffer aus.

Seine braune Arzttasche und den Alu-Notarztkoffer

stellte er hinter die Vordersitze in den Fond des

Volkswagens. Dessen Autoschlüssel steckte bereits.

Sein Fahrrad, ein Mountainbike, lud er ebenfalls aus

und lehnte es an die Garagenwand.

Das Sportgerät wollte er bei seinen Ausflügen nie missen.

Er musste sich ja die freie Zeit alleine vertreiben und wollte nicht nur vorm Fernseher oder dem Computer sitzen müssen.

Mit dem Schlüssel konnte er die Einliegerwohnung, die direkt unter dem Praxisanbau lag und einen separaten Eingang hatte, aufsperren.

Der Schlüssel passte auch für das Türschloss zur Praxis.

Dr. Mayer hatte großes Vertrauen zu Alexander, da dieser ihn schon letztes Jahr tadellos vertreten hatte und auch die Gästewohnung einwandfrei hinterlassen hatte.

Er hatte ihn damals noch mal angerufen und sich bedankt, und nachgefragt, ob die Honorarüberweisung korrekt angekommen sei.

Alexander verdiente hier pro Woche 2500 Euro.

Er arbeitete 7 bis 8 Stunden pro Tag in der Praxis.

Die Sprechzeiten waren täglich von 8 bis 12 Uhr und

nachmittags von 15 bis 18Uhr.

Mittwochnachmittag hatte die Praxis geschlossen.

Hausbesuche waren wenige zu fahren, da die
medizinischen Fachangestellten der Praxis und die
Patienten wussten, dass man den Vertreter, da er die
Patienten nicht so genau kannte, nicht überlasten
durfte.

Außerdem war der gewohnte Hausarzt ja bald wieder da.

Die nächtlich angeforderten Einsätze wurden hier am Ort
durch den Arzt durchgeführt, der das vergangene
Wochenende Dienst gehabt hatte.

So hatte Alexander immer seine Nachtruhe, da er keinen
Wochenenddienst machen wollte und dieser auch nicht
gefordert wurde.

Andere Vertretungsangebote waren teilweise schlechter
bezahlt.

Aber Alexander konnte sich die besten Angebote

inzwischen auswählen, da er diese Tätigkeit nun bereits seit fast drei Jahren ausübte und seine Erfahrungen gemacht hatte.

In dem 2-Zimmer-Appartement mit Bad und kleiner Küche stand alles Nötige zur Verfügung und die Arztehefrau hatte sogar den Kühlschrank mit einem beliebten bayerischen, alkoholfreien Weizenbier gefüllt.

Ein Kasten Mineralwasser und ein paar haltbare Snacks waren ebenfalls vorhanden.

Die erwachsenen Kinder des Ehepaars waren aus dem Haus und Dr. Mayer bezog bereits Rente. Seine Söhne hatte er nicht zum Medizinstudium überredet, und weil er bisher noch keinen Praxisnachfolger gefunden hatte, wollte er nun einfach länger Urlaub machen. Er konnte sich dies inzwischen leisten, da er Rente bezog und nicht mehr in das berufsständische Versorgungswerk, die *Bayerische Ärzteversorgung,* einzahlen musste.

Und er hatte es sich verdient, wie er selbst sagte.

Alexander kam inzwischen als Hausarzt-Vertreter auf

eine Gesamtarbeitszeit von maximal fünf Monaten pro

Jahr.

Das genügte ihm.

Die beste Zeit für Vertretungen waren die letzten Wochen

jeden Jahres-Quartals oder die Urlaubszeit.

Also März, Mai und Juni.

Dann auch der August und der September, sowie die

letzten Dezemberwochen, - wenn er wollte.

Die Einnahmen von den Gesetzlichen Krankenkassen

waren budgetiert und die Hausärzte arbeiteten am Ende

jeden Quartals fast umsonst, was dem Arzt als Pseudo-

Freiberufler zu keiner übermäßigen Motivation verhalf.

Die große Politik hatte es anscheinend so gewollt.

Alexander packte seine Sachen aus und verstaute sie im Schlafzimmerschrank. Er wollte nicht aus dem Koffer leben.

Dann rief er noch seine Lebensgefährtin Lisa an, um ihr mitzuteilen, dass er gut angekommen war.

Handtücher und Bettwäsche brauchte er selbst nicht mitzubringen, dies war alles vorrätig, wie in einem Hotel. Die Zugehfrau der Praxis hatte alles perfekt hergerichtet.

Seine Freundin Lisa arbeitete in einer großen Drogerie und war es gewohnt, dass Alexander beruflich ein oder zwei Wochen mal weg war.

Sie sprachen dann oft abends länger miteinander über *skype mit seinem MacBook Pro*. Alexander war treu, er liebte seine Lisa sehr. Seine Hörner hatte er sich schon vor ihr genügend abgestossen.

Nun machte er es sich auf der Couch bei einem Bier bequem und zappte noch ein bisschen über die Sportkanäle. Auch einen großen Flachbildschirm mit Satellitenprogramm gab es.

Alexander fehlte es hier an nichts.

Kurz vor 24 Uhr legte er sich ins Bett, da er um 7 Uhr aufstehen wollte.

Er hatte sehr gut geschlafen und aß zum Frühstück nur ein großes Fruchtjoghurt, das er sich selbst mitgebracht hatte.

In der üblichen kurzen Pause gegen zehn Uhr gab es in der Hausarzt-Praxis immer eine kleine Brotzeit.

Er freute sich schon auf die netten Arzthelferinnen, die neuerdings korrekt als *medizinische Fachangestellte* bezeichnet wurden.

Mit den *MFAs* war das Arbeiten eine Freude.

Sie waren zwischen 20 und 35 Jahre alt und wirkliche Profis.

Die älteren Arzthelferinnen, mit denen ihr Chef die Praxis begonnen hatte, waren alle schon im Ruhestand.

Die jetzigen Damen, wie er sie nannte, konnte er alles fragen, was Bürokratie anbetraf. Das Anlegen von Verbänden, das Spritzen, Infusion geben, Impfen oder

EKG und Lungenfunktion ausführen, alles konnten sie

perfekt.

Drei Frauen waren am Vormittag da, zwei am Nachmittag

und sie verschlossen am Abend sicher die Praxistüre,

nachdem sie den Anrufbeantworter für die

Notfalltelefonate programmiert hatten.

Dr. Mayer hatte ein wirklich tolles Team.

„Guten Morgen, meine Damen!", rief er und begrüßte sie

alle mit Handschlag und er hatte den Eindruck, dass

sie sich genauso über sein Wiederkommen freuten wie er.

Die jüngste Neue errötete sogar ein wenig, denn

Alexander sah sehr gut aus.

Seine dunkle Lederjacke hängte er im Sprechzimmer in

Dr. Mayers Spind und dann konnte es losgehen.

Zu dunklen Jeans trug er in der Praxis ein hellblaues,

kurzärmeliges Polohemd und als Schuhe vorne

geschlossene weiße Pantoletten.

Beim frühmorgendlichen Blutabnehmen sah er den Mädels gerne über die Schulter und begrüßte dabei gleich einige Patienten, die er noch vom letzten Mal her kannte.

Die EDV-Anlage lief schon auf Hochtouren und Alexander sah an seinem Arztschreibtisch auf dem Bildschirm bereits die Liste mit den Namen der Patienten, die in den nächsten Vormittagsstunden zu ihm als Hausarztvertreter kommen sollten.

Mit dem Arztcomputer kannte er sich bestens aus, denn er war mit der EDV-Technik aufgewachsen und die diversen Arztprogramme einer Hausarztpraxis waren gar kein Problem.

Er konnte so schnell tippen wie eine Sekretärin, worüber das weibliche Personal hier immer wieder staunte, denn ihr alter Chef beherrschte nur das Zweifinger-System.

Auf dem Bildschirm konnte man Patienten aufrufen, alle Bescheinigungen, wie z.b. Rezepte, Überweisungen und Krankenhauseinweisungen ganz einfach ausdrucken.

Das beste aber war, man konnte sich schnell einen Überblick über die Personalien, die Krankheits- vorgeschichte, die akuten Diagnosen und Dauerdiagnosen, oder über Medikamente, die der Patient regelmäßig einnahm, verschaffen.

Auch waren die Facharzt- und Krankenhausberichte der Patienten im elektronischen Archiv gespeichert, so dass man sofort nachlesen konnte.

Alexander war allerdings kein Hausarzt, kein Facharzt für Allgemeinmedizin, er war überhaupt kein approbierter Arzt - und er machte hier einfach den Vertretungsarzt.

Er war ein Schwindler, ein Hochstapler.

Wie war es dazu gekommen? Wie konnte er sich diese
Arbeit überhaupt zutrauen? Wie konnte das gut gehen?

Er war als Jugendlicher auf dem Gymnasium in seiner
Heimatstadt in Niedersachsen.

Mit Müh und Not schaffte er die 10. Klasse. Er hatte die
Fremdsprachen Englisch und Latein gelernt.

Er war schon wissbegierig, aber nicht in Bezug auf
diese Schulthemen.

In den Fächern Mathematik und Physik war er eine
Katastrophe.

Er hatte in diesem Alter einfach kein Interesse an der
Schule.

Er war ein guter Kumpel, ein guter Sportler, war
hilfsbereit - und er mochte seine Mitmenschen.

Als 17-jähriger wollte er sich von zu Hause abnabeln und er hatte die Chance bei seinem Onkel in Berlin zu leben und dort als Auszubildender im Verkauf eines großen Sportgeschäfts zu beginnen.

Die Eltern waren damit einverstanden.

Er hatte auch die Möglichkeit seine Tenniskünste im Club des Onkels zu verbessern und spielte sogar schon als Jugendlicher in der Männermannschaft des Vereins in der Bezirksliga.

Zuhause hatte er sämtliche Jugendmannschaften durchlaufen.

Den Tenniskindern in Berlin konnte er Trainingsstunden geben und sich nebenbei etwas dazu verdienen.

Nach der Ausbildung zum Sportartikel-Kaufmann musste er mit 21 Jahren seinen Zivildienst ableisten, denn bei der Bundeswehr wollte er sich nicht schikanieren lassen.

Befehl und Gehorsam waren nicht seine Sache.

Da er mit vielen Sportlern im Verkauf und in der

Freizeit zusammenkam, sah er natürlich auch

etliche Verletzungen, und so entschloss er sich,

dort hinzugehen, wo er lernen konnte, mit   .

Sportverletzungen richtig umzugehen.

Da die Wohnung seines Onkels in Berlin-Mitte lag, war

es nahe liegend, den Zivildienst in einer großen Klinik

abzuleisten.

Dort konnte er sicher viel sehen und erlernen.

Es war der Anfang seiner späteren „Karriere als Arzt".

Nun saß er also als *Dr.med. Bernhard Alexander* in Vertretung eines Hausarztes in dieser nordbayerischen Kleinstadt.

Er hatte seinen Vornamen einfach zum Familiennamen gemacht.

Einmal wäre es seiner Freundin beinahe aufgefallen, da er vergessen hatte, die Rufumleitung seines Handys wieder zurückzustellen und ein Anruf kam auf Lisas Festnetz.

Sie ging ans Telefon und ein Anrufer fragte, ob Dr. Alexander da sei.

Sie sagte, Alexander komme später, er sei noch beim Tennis.

Auf ihre Frage nach dem Anrufer sagte er dann, das sei wohl ein Scherzbold aus dem Club gewesen, da sie ihn im weißen Trainingsanzug manchmal *unseren Doc* nannten.

Auch die Honorarüberweisungen der Ärzte auf sein Konto waren kein Problem.

Ob Alexander Bernhard oder Bernhard Alexander, das Geld kam immer an.

„Dr. Alexander" holte sich die erste Patientin in das Sprechzimmer, diese saß bereits auf einem Stuhl in der Nähe der Türe.

Es sollten bis zum Montagabend fast fünfzig Patienten sein, mit denen er Kontakt hatte.

Er hatte eigentlich mit weniger gerechnet, aber anscheinend waren einige Leute doch neugierig auf ihn.

In der Berliner Klinik fing er einst auf einer chirurgischen Station als *Zivi* an und er begleitete in der Früh immer einen jungen Assistenzarzt, der zum täglichen Blutabnehmen von Bett zu Bett eilte.

Dieser fragte ihn sehr bald, ob er es auch mal probieren wolle; und nach Einverständnis einiger gutmütiger Patienten war er bald eine Hilfe für den jungen Arzt, da dieser mit den Blutabnahmen dann schneller fertig war.

Die Stationsschwester als seine direkte Vorgesetzte, sprach ihm bald ihre Anerkennung aus, da die Patienten ihn gelobt hatten.

In wenigen Wochen hatte er eine solche Routine entwickelt, dass er bald das Blutabnehmen den Medizinstudenten lehren konnte, die zum Üben auf seine Station gekommen waren.

Wer gut stechen konnte, war bei den Patienten der König.

Alexander hatte das Talent und das Feingefühl dafür.

Er durfte dann auch bald die einfachen Elektrolyt-Infusionen im Beisein des Arztes oder der Krankenschwester anlegen und erlernte schnell das Stechen der Kunststoffverweilkanülen, die man auch im

Rettungsdienst verwendet.

Der Assistenzarzt hatte ihm auch das sterile Legen eines Blasenkatheters beim Mann genau erklärt und es war keine Hexerei, wenn man das richtige Material hatte. Man musste nach Anwendung des Betäubungsgels nur etwas warten, damit es für den Patienten nicht so unangenehm war.

Sämtliche Verbände, die auf der chirurgischen Station angelegt wurden, erlernte er und assistierte auch beim Gipsen und wusste, worauf es ankam.

In den praktischen Arbeitspausen ging er nicht zum Rauchen auf den Balkon, wie viele andere, sondern beschäftigte sich mit dem chirurgischen Lehrbuch, das im Schwestern- oder Arztzimmer vorhanden war.

Auch fragte er oft den erfahrenen Schwestern und Pflegern ein Loch in den Bauch.

Den fleißigen Stationsärzten, die nach der Stationsarbeit oder der Assistenz im Op in ihrem Zimmer sehr viel mit

Bürokratie beschäftigt waren, nahm er gerne manch einfache Arbeit ab.

Er studierte auch das kurze chirurgische Lehrbuch, das die Studenten des praktischen Jahres für ihre Prüfungen benötigten und er ging bei der Oberarztvisite oft mit und sah dadurch nahezu jeden chirurgischen Krankheitsfall. Von der Kropfoperation über den Magendurchbruch, die Gallensteine, den Darmkrebs, die Blinddarmentzündung oder den Leistenbruch, alles was so in der Viszeralchirurgie vertreten war.

Er sah dann in der Unfallchirurgie alle Arten von Knochenbrüchen, vom Schlüsselbein- über den Kahnbeinbruch am Handgelenk, bis hin zur Becken– und Schenkelhalsfraktur.

Die Knie- und Sprunggelenkverletzungen interessierten ihn als Sportler besonders.

Bei der Röntgenbesprechung versuchte er immer

aufmerksam mit zu schauen.

Im Nachtdienst durfte er in der Notfallambulanz das erste Mal eine Wunde nähen.

Ein Betrunkener war durch eine Türglasscheibe gestürzt.

Sein freundschaftlich verbundener Assistenzarzt, mit dem er dann öfter Tennis spielte, hatte Dienst und musste etliche Schnittwunden am Rücken versorgen und Splitter entfernen.

Es war ein recht großer Zeitaufwand.

Der Patient schlief ein und der junge Arzt bat die Schwester um ein weiteres Paar sterile Handschuhe und ein weiteres Besteck zur Wundversorgung.

So lernte Alexander, wie man örtlich betäubt und einfache Wunden näht und dass man aufpassen musste, keine Sehnenverletzung zu übersehen.

Die erste Patientin, die er am Montagmorgen in der

Praxis Dr. Mayer empfing, war eine ältere Frau mit

Bluthochdruck und Diabetes.

Sie hatte in der letzten Zeit am Herzen das so genannte

Vorhofflimmern und musste wegen der Einnahme

blutverdünnender Tabletten in gewissen Abständen den

INR-Wert bzw. den sogenannten *Quick* bestimmen lassen.

Dr. Mayer hatte in seiner Praxis ein Schnelltest-Gerät

und so konnte Alexander den Wert gleich in den

Spezialausweis eintragen und die weitere

Tabletteneinnahme festlegen. Er hatte das oft genug auf

seinem weiteren Weg in der Inneren Abteilung der Klinik

mitbekommen.

„Herr Dr. Alexander, Sie wissen schon, dass Sie mich

letztes Jahr wegen der Lungenstauung ins Krankenhaus

eingewiesen haben", sagte sie anerkennend.

Er hatte es sich angewöhnt, immer bevor ein Patient ins

Sprechzimmer kam, dessen Daten auf dem Bildschirm aufzurufen und die Dauerdiagnosen und die Medikamentenliste anzuschauen, so dass er schon eine gute Vorinformation hatte und sich auch leichter an bereits früher kontaktierte Patienten erinnern konnte.

Bei jener Frau war dies der Fall.

Er hatte aber auch ein hervorragendes Gedächtnis für Gesichter.

Er maß nun den Blutdruck und konnte zugleich auch den Puls beurteilen.

Der internistische Oberarzt hatte einmal bei der Visite zu den Studenten der Klinik gesagt : „Seid nicht schlampig, den Patienten anschauen und nicht in der Sprechstunde nebenher ständig auf den Computerbildschirm."

„Ihr fangt bei den Augen an, immer in den Mund schauen, tastet nach Lymphknoten am Hals, dann vorne die Schilddrüse, Herz und Lunge abhorchen, Bauch und

Leisten beurteilen und vor allem die Unterschenkel nach

Wasseransammlung, also Ödemen, abdrücken.

Und Verdächtiges auf der Haut nicht ignorieren. Das ist

das mindeste! - Und ab und zu wiegen lassen!"

Das hatte sich Alexander für immer gemerkt.

Die gesamte *Innere Medizin* konnte er in der kurzen Zeit

nicht überblicken, aber bei bestimmten Symptomen

schrillten bei ihm die Alarmglocken.

In den vier Monaten, die er als Hilfspfleger auf der

Inneren verbrachte, hatte er einiges mitbekommen und

sich wegen seiner Intelligenz vieles merken können. Er

hatte Schlaganfälle, den Hörsturz, die Lungen-

entzündung, die Lungenembolie, die verschiedenen Arten

von Herzinfarkt, Magen-, Leber-, Bauchspeicheldrüsen-

und Gallenerkrankungen miterlebt.

Auch Harnwegserkrankungen, Frauen- und Männerleiden hatte er gestreift, vor allem auch die oft

schwierige Behandlung der Zuckerkrankheit.

Wichtig war, immer wieder Blutdruck und Blutzucker zu

messen. Pilzinfektionen im Mund, der Soor, wiesen oft

auf eine Zuckerkrankheit hin.

In den Pausen zwischen den Patientenzugängen und

Visiten hatte er auch immer versucht, sich

autodidaktisch zu informieren. Die jungen Ärzte hatten

meist kurze Lehrbücher im Taschenbuchformat, die man

gut lesen konnte und er hatte immer sofort den

klinischen Bezug, da der Patient bei ihm gleich um die

Ecke lag.

Um bei der medikamentösen Therapie durchzublicken,

hatte er sich auch ein wunderbar kompaktes Büchlein

eines medizinischen Verlags gekauft, das alle jungen

Mediziner in der Manteltasche hatten.

Hier konnte man den Namen der Medikamente, den

Wirkstoff, die Wirkung und mögliche Nebenwirkungen gut nachlesen. Auch welche Medikamente man während der Schwangerschaft und in der Stillzeit nicht verordnen durfte.

Und er hatte sofort den praktischen Bezug dazu.

Inzwischen hatte er aber auch eine *App* für Medikamente auf dem Handy. Auf seinem Smartphone konnte er vieles auch schnell im Internet nachlesen.

Bei den nächsten Patienten in der Hausarztpraxis gab es Verbandswechsel wegen scharfer oder stumpfer Verletzungen. Das machten die Praxisassistentinnen und er warf einen Blick darauf oder kontrollierte die Funktion der Gliedmaßen.

Eine junge Patientin hatte sich vor drei Tagen beim Öffnen einer Katzenfutter-Dose am Deckel in den Zeigefinger geschnitten.

Zufällig war ihre Chefin, bei der sie den Haushalt führte, eine Ärztin, die den Finger verband. Beim Verbandwechsel in der Hausarztpraxis fiel Alexander auf, dass der Finger ab dem Mittelgelenk nach unten hing und nicht mehr zu strecken war.

Die Strecksehne knapp unter der Haut war wohl durchtrennt worden.

Die Patientin wurde sofort zum Chirurgen überwiesen und der Unfall führte doch zu einer längeren Arbeitsunfähigkeit als man wohl vorher gedacht hatte.

Auch waren Fäden zu entfernen nach einer Gallenblasenoperation oder einer Kopfplatzwunde.

Dazwischen kamen einige Patienten mit Erkältungen, die er arbeitsunfähig schreiben musste.

Er hielt nichts davon, zu schnell wieder an den Arbeitsplatz zurückkehren zu lassen, man sollte sich anständig auskurieren.

Alexander ging als Vertreter nie in eine richtige Landarztpraxis.

Er wusste, dass er dort ganz anders gefordert werden konnte.

Man musste ein sehr breites Wissensspektrum besitzen.

In der Kreisstadt gab es ein Krankenhaus und einen Notarztwagen, der zu den schweren Fällen gerufen wurde.

Die schwerer Verletzten kamen gleich ins Krankenhaus.

Das war für den hiesigen Hausarzt wesentlich weniger Stress.

Hier am Ort gab es sämtliche ärztliche Fachrichtungen, so dass man jederzeit zu einem Facharzt überweisen oder den Patienten im Notfall gleich in die Klinik einweisen konnte.

Er war davon überzeugt, keine großen Fehler zu machen.

In der Frühstückspause, in der er wunderbar bedient wurde, und die für eine längere Unterhaltung natürlich zu kurz war, gab es einen Anruf.

Helferin Andrea nahm ab und sagte : „Moment, ich gebe Ihnen gleich den Doktor Alexander,   -

es ist Herr Cermak !"

Alexander übernahm und sagte kurz darauf: „Herr Cermak, legen sie das Bein ihrer Frau hoch, - über Kopfhöhe -, und drücken Sie dann eine größere Münze auf die blutende Stelle, - und wickeln Sie eine Binde darüber, ich komme gleich."

Zu den Damen gewandt: „Wer fährt mit, wer kennt den Weg zu Frau Cermak? Sie hat anscheinend eine Krampfaderblutung!"

Beate meldete sich. „Nehmen Sie schnell ein paar Kompressen und Kurzzug-Binden mit, ich fahre schon aus der Garage!", rief er.

Zügig fuhren sie zum Haus des Ehepaars. Die

Arzthelferin stellte Alexander als Vertreter ihres Chefs vor

und sie sahen sich die Bescherung an.

Die 68–jährige lag auf einem Sofa in der Küche, das Bein

hoch gelagert.

Eine Blutlache von über einem Quadratmeter und

mehrere rote Pfützen bedeckten den Fliesenboden.

Der Ehemann hatte die Blutung durch Alexanders Rat

stoppen können.

„Herr Doktor, plötzlich lief mir beim Kochen etwas

Warmes das Bein hinunter und schnell stand ich in der

Blutlache, ich konnte die Blutung nicht stillen, - es ist

nur so geronnen", sagte die Frau.

Alexander kannte dieses Problem, er hatte es im

Krankenhaus öfter erlebt.

Eine 2-Euro Münze war vom Ehemann gut platziert

worden.

Sie zogen sich Einmal-Handschuhe an und säuberten das Bein mit einem Waschlappen und mit Papier von der Küchenrolle und legten einen Kompressionsverband an.

Der Ehemann musste heute die Hausarbeit zu Ende führen. Er hatte schon den Putzeimer geholt.

„Bleiben Sie bitte mit erhöhtem Bein liegen und lassen Sie sich heute mal bedienen - und kommen Sie morgen früh in die Sprechstunde", sagte Alexander.

Der Kreislauf der Patientin war unauffällig.

„Den Trick mit der Münze kannte ich noch nicht", sagte Beate auf der Rückfahrt.

„Diesen habe ich als Notarzt in Berlin öfters anwenden müssen", entgegnete er lässig.

In Wahrheit nicht als Notarzt, jedoch als Sanitäter, denn nach dem Zivildienst wollte er seine Kenntnisse nicht verkümmern lassen und war noch einige Jahre als freiwilliger Sanitäter beim Rettungsdienst tätig.

Er fuhr sehr oft mit dem Rettungswagen als zweiter oder dritter Mann mit und war dem Notarzt und seinen Kollegen eine große Hilfe, da er auch das Intubieren und Beatmen gelernt hatte und eben sehr sicher im Anlegen von Infusionen war.

Hier erlernte er auch das Umgehen mit den Notfall - Medikamenten, die sich im Notarzt- und Rettungswagen befanden. Er wusste, wie schnell und wie viel man von ihnen spritzen durfte und welche Nebenwirkungen eventuell möglich waren.

Auch schaute er sich die Untersuchungsmethoden bei den verschiedensten Notfällen beim Notarzt ab.

Eine Liste mit Notfallmedikamenten, die er immer bei sich führte, hatte er sich vom Internet ausgedruckt.

Als 26-jähriger erlebte er zusammen mit dem Notarzt einen Fall, bei dem sie nicht mehr helfen konnten.

Ein 70-jähriger Mann hatte sich mit seiner etwas jüngeren Frau heftig gestritten.

Er ging wutentbrannt in seine Hütte, in der er das Brennholz gelagert hatte, schaltete die Kreissäge an und ließ sich mit dem Kopf in die laufende Säge fallen.

Die Umgebung glich einem blutigen Schlachtfeld. Von so einem grausamen Selbstmord hatte er bis zu diesem Zeitpunkt noch nicht gehört.

Alexander hatte sich gewundert, dass es ihm nicht übel geworden war. Wie der Notarzt nahm auch er diese Sachlage einfach nur zur Kenntnis.

Nach der Ankunft in der Hausarztpraxis waren noch einige Patienten im Wartezimmer und er war mit der Sprechstunde um 12 Uhr 30 fertig.

Zum Mittagessen ging er zu Fuß zu einem *Italiener*, der

eine bekannt gute Pizza machte und bestellte sich einen Salat dazu.

Als Getränk hatte er mittags gerne eine leichte Saftschorle und er überflog noch die Tageszeitung, die ihm eine Helferin aus dem Briefkasten der Arztpraxis gegeben hatte.

Die Assistentin hatte den Auftrag, die Praxispost zu öffnen und relevante Arztbefunde Alexander zum Lesen zu geben.

Er ging noch eine kleine Runde, um Sauerstoff zu tanken und suchte dann sein Appartement auf, um auf dem Sofa noch ein bisschen die Augen zu schließen.

Er führte auf seinen Reisen immer einen Küchenwecker mit und stellte 30 Minuten ein, um nicht zu lange zu ruhen. Er wollte ja hauptsächlich nachts schlafen.

Das tat ihm gut, er konnte sich dann wieder hochkonzentriert den Patienten widmen, die ab 15 Uhr schon auf ihn warteten.

Der erste Patient war ein 4-jähriger Bub mit 38,9 Grad
Fieber, Schnupfen und starken Ohrenschmerzen.

Er machte einen sehr leidenden Eindruck.

Alexander untersuchte ihn sorgfältig und rezeptierte ihm
einen *Ibuprofen* Schmerz- u. Fiebersaft und ein
bakterizides Antibiotikum der *Cephalosporine*-Gruppe.

Amoxicillin verwendete er nicht so gerne, da er häufig
Allergien davon gesehen hatte.

Auch ein Salzwasser-Nasenspray im Wechsel mit
abschwellenden Nasentropfen empfahl er gerne bei
dieser Mittelohrentzündung.

Er bestellte den Buben zur Kontrolle einen Tag später
wieder ein und diesem ging es schon wesentlich besser.

Alexander war mit Antibiotika zurückhaltend, aber hier
war es seiner Meinung nach angebracht.

Die letzten drei Monate seiner Zivildienstzeit verbrachte

er in Berlin in einer Klinik, der die Kinderklinik

angeschlossen war.

Dort hatte er auch wieder einiges dazugelernt, weil er

ständig einem jungen Arzt, der Pädiater werden wollte,

bei den Untersuchungen auf den Fersen war.

Die Medizin hatte ihn mit der Zeit so stark begeistert,

dass er oft nachts wach lag, und sich den Kopf

zermarterte, wie er Medizin studieren könnte.

Aber er war sich sicher, dass er die dafür nötige

Reifeprüfung nie schaffen würde. Er war einfach mehr

praktisch veranlagt.

Gerade in den naturwissenschaftlichen Fächern war er

schwach und er hatte auch von den jungen Ärzten und

Medizinstudenten erfahren, dass allein die Ärztliche

Vorprüfung am Anfang des Studiums, nach 4 Semestern,

das so genannte Physikum, mit Prüfungen unter anderem in Physik, Chemie, Physiologie und Biochemie für viele eine große Hürde war.

Er hatte dann die Idee sich an einer Heilpraktikerschule anzumelden.

Allerdings nach einem längeren Probeunterricht und den für ihn zu hohen Kosten verwarf er diese Idee wieder.

In die Praxis kam gegen 17 Uhr eine Patientin mit Koliken im rechten Oberbauch.

Alexander untersuchte sie und fragte, ob bei ihr Gallensteine bekannt seien, da sie unter dem rechten Rippenbogen den Hauptschmerz hatte. Auch in die Schulter strahlte der Schmerz aus.

Er ließ von den Arzthelferinnen eine Infusion mit Kochsalzlösung herrichten und sie spritzten ihr noch langsam die schmerz- und krampflösenden Medikamente dazu. Nach einer Weile besserten sich die Beschwerden.

„Was haben Sie heute Mittag gegessen?", fragte er die übergewichtige fünfzigjährige Patientin.

„Dampfnudeln mit Vanillesoße, aber die habe ich bisher immer gut vertragen", antwortete sie: „und später einen Kaffee."

„Cornelia, fahren Sie mal bitte das Sonografiegerät herüber!"

Sie sah nett aus in dem hellen Oberteil mit dem Praxislogo, das alle Assistentinnen trugen.

Bald erkannte er mit dem Ultraschall die Missetäter.

Die Frau hatte einen großen und ein paar kleine Gallensteine, die einen typischen Schallschatten warfen.

Die Ultraschalluntersuchung war im letzten Jahr ein wenig sein Hobby geworden und es gefiel ihm, von außerhalb des Körpers mit dieser Methode etwas zu erkennen - und es machte beim Patienten Eindruck.

In seiner Zeit als Zivi stand er bei Demonstrationen im Untersuchungszimmer oder am Krankenbett immer in der letzten Reihe, da die Assistenzärzte und Medizinstudenten sich um den Chef- oder Oberarzt scharten, um das, was er erklärte, auch sehen zu können. Bei den ersten Geräten, die damals qualitativ noch nicht so gut waren, musste man schon sehr genau hinsehen, um auf dem Bildschirm etwas zu erkennen. Die heutigen waren um ein Vielfaches besser und da machte das Schallen dann auch richtig Spaß.

Er hatte sich den großen Sonografie-Bildband zugelegt, in welchem sich neben vielen Photos auch eine CD mit zahlreichen Beispielen zur *Differenzialdiagnose* fand. Man konnte also zu Hause fleißig am Laptop üben.

Anfangs suchte er sich Patienten aus, bei denen zum

Beispiel die Diagnose Gallensteine oder Nierenzyste

schon bekannt war und er konnte dies dann auch

erkennen und bestätigen. So wurde er mit dem Gerät

immer sicherer und selbstbewusster, allerdings

nur bei einfachen Fragestellungen. Die Patienten

wurden, wenn etwas unklar war, auch von ihren

richtigen Hausärzten meist zum Spezialisten überwiesen,

- so hielt er es auch.

Nachdem die Patientin sich von ihren Schmerzen erholt

hatte, klärte er sie noch über die zukünftige

Verhaltensweisen und Diät auf und sie durfte von ihrem

Ehemann nach Hause gebracht werden.

Irgendwann war die Gallenblasen-Operation fällig.

Alexander war nun im Jahre 2012 34 Jahre alt, seine
Freundin Lisa 27.

Sie hatten sich vor vier Jahren kennen gelernt. Er hatte

noch im Sportartikel-Verkauf gearbeitet, nebenbei

Tennisstunden gegeben, was ihn aber bald langweilte.

Er hatte nur noch ab und zu im freiwilligen

Sanitätsdienst ausgeholfen, wenn ein Kollege ausfiel.

Eines Tages war er in eine Drogerie gegangen, um sich

eine Hautcreme zu kaufen, da er durch das häufige

Duschen nach dem Sport oft sehr trockene Haut bekam

und diese dann juckte.

Da Lisa ihn wegen ihres attraktiven Aussehens gleich

interessierte, ließ er sich von ihr als Verkäuferin beraten.

Die von ihr empfohlene Creme hatte er aber wegen des

zu hohen Parfümanteils nicht gut vertragen und so hatte

er einen Grund, mit ihr wieder Kontakt aufzunehmen

und auf diese Weise kamen sie sich dann näher.

Für ihn war es Liebe auf den ersten Blick.

Wie sie aussah, wie sie sich bewegte, wie sie sprach, er

konnte seine Begeisterung anfangs kaum unterdrücken.

Er hatte Glück, dass sie sich vor geraumer Zeit von

ihrem Freund getrennt hatte.

Dieser war bei einem kurzen Auslandsaufenthalt

fremdgegangen, da hatte sie ihn abserviert.

Wegen seiner empfindlichen Haut recherchierte er im

Internet, da er mit den Produkten, die es so zu kaufen

gab, nicht klar kam.

Auf die Idee, in eine Apotheke zu gehen, kam er nicht,

und wegen so einer Kleinigkeit zum Arzt, schon gar

nicht.

Er stieß auf die Internetseite eines Hautarztes, in der

über trockene Haut geschrieben und eine Salbenmischung aus der Apotheke empfohlen wurde.

Er druckte sich die Rezeptur aus und konnte sich
200 Gramm dieser Creme rezeptfrei in der Apotheke
mischen lassen.

Da diese Creme für seine sensible Haut so angenehm
war, fand er es schade, dass es sie nicht in einer fertigen
Tube zu kaufen gab.

Im Tennisklub unterhielt er sich mit einem Pharma-
Referenten und dieser gab ihm eigentlich nur so
zum Spaß den Tipp, er könne die Creme ja produzieren
lassen und auch gleich selbst vermarkten.

Keine dumme Idee, dachte er. Wieder recherchierte er im
Internet, wie so etwas zu verwirklichen sei.

Es war ganz einfach. Es gab Salben-Hersteller, die in
Auftragsherstellung für Kunden Gefäße mit allen
möglichen Inhalten füllten, inklusive Aufschrift und
Verpackung.

Man musste dann nur noch Werbung machen und sie

verkaufen können.

Das war dann aber wohl das schwierigste.

Alexander recherchierte wieder, nahm Kontakt mit einer

Firma auf, fragte nach Mindestabnahmemenge und

Preis und war sich bald sicher, dass er es wagen konnte,

da er etwas Geld auf der Seite hatte.

Die bürokratischen Auflagen waren nicht hoch. Es war

noch nicht einmal ein Medizinprodukt, sondern nur eine

Pflegecreme.

Den Phantasienamen des Produkts ließ er sich beim

Patentamt schützen und los ging es mit dem

Verkaufsstart.

Der Preis war so gestaltet, dass er einen für sich sehr

guten Gewinn machen konnte. Preiswert war die in der

Zusammensetzung leicht veränderte Creme nicht,

aber Billiges ist im Volksmund ja nichts wert, war seine

Meinung.

Lisas Drogerie war die erste Abnehmerin und durch ihre persönliche Beratung und die Werbetafel, auf der ein Sportler die Creme anpries, hatte sie bald zunehmenden Verkaufserfolg.

Auch seine Tennisfreunde waren gute Abnehmer und machten Werbung für sein Produkt.

Alexander musste anfangs nur die Mindestbestellmenge nachordern, was kein großes Risiko war.

Die ersten Kartons lagerte er in seiner kleinen Wohnung.

Er besuchte dann in Berlin zur Werbung mehrere Drogerien und hatte Glück, dass er bei einigen gut ankam.

Seine Creme hatte zunehmenden Erfolg und er machte inzwischen fast 2000 Euro Gewinn pro Monat.

Als Alexander mit Lisa nach einem Jahr in eine gemeinsame Wohnung nach Thüringen übersiedelte, da sie dort ein finanziell sehr gutes Angebot als Marktleiterin erhielt, übergab er die Fax-Bestellungen einer Versandfirma, welche die Aufträge bearbeiteten und die Kartons mit den Cremetuben verschickten.

Er bekam den Gewinn auf sein Konto überwiesen und hatte so persönlich nur einen geringen bürokratischen Aufwand.

Und er hatte dann gegenüber Lisa einen Grund für die Auswärtsfahrten, die er als Werbefahrten für sein Produkt deklarieren konnte. Der Gewinn wuchs allerdings mit der Zeit relativ langsam, da der Konkurrenzkampf auch in dieser Branche sehr hart war und man gegen die großen Konzerne keine Chance hatte.

Aber nun hatte er einen offiziellen Job, da er im Sportartikel-Verkauf nicht mehr tätig sein wollte, weil ihm dies mit der Zeit nicht mehr anspruchsvoll genug war.

Wie war er zu den Zeugnissen über die Approbation als
Arzt, dem Titel eines Facharztes für Allgemeinmedizin
und an die Doktorurkunde gekommen?

Am Ende seiner Zivildienstzeit war er im Arztzimmer auf
Station, als ein Freund seines Stationsarztes diesen
besuchte.

Sie unterhielten sich über ihre vergangenen Erlebnisse
und ihre zukünftigen beruflichen Aussichten.

Der fremde Arzt holte seine Zeugnisse und Urkunden
aus seinem Aktenkoffer und fragte seinen Freund, ob er
sie ihm ein paar mal kopieren könnte.

„Alexander, kopiere sie dem Kollegen schnell mal im
Schwesternstützpunkt!", war dessen Bitte. Und zum
Freund gewandt: „Er ist absolut zuverlässig!"

Anscheinend wollten die beiden jungen Ärzte ein paar
Minuten allein sein.

Alexander kopierte die Urkunden auch ein mal für sich, denn er hatte das Gespür, dass er diese Papiere vielleicht irgendwann mal verwenden könnte.

Jahre später war es mit den neuen Kopiergeräten am Computer einfach, den Namen zu ändern und einige Daten zu manipulieren. Nach Originalen fragte bisher niemand.

Der Arbeitstag am Dienstag in der Praxis von Dr. Mayer begann mit einem kleinen Schrecken. Beim Blutabnehmen war eine junge Frau auf dem Stuhl kollabiert und die jüngste Arzthelferin rief um Hilfe. Sie glaubte, die Patientin hätte einen epileptischen Anfall, weil sie die Augen verdrehte und leicht krampfte. Alexander eilte zu ihr und nahm die Frau mit beiden Armen hoch und legte sie auf die Behandlungsliege.

Eine andere Kollegin schob ein Polster unter die Unterschenkel der blassen Patientin.

Sie schlug bald wieder verdutzt die Augen auf.

Eine Helferin flößte ihr noch Kreislauftropfen ein und sie ließen die junge Frau noch eine Weile liegen, bis sie sich erholt hatte.

„Das kann schon mal vorkommen, beim nächsten Mal müssen wir Sie beim Blutabnehmen gleich hinlegen", sagte Alexander beruhigend zu ihr.

„Sie haben vielleicht eine Kraft als Arzt!", sagte eine *MFA*.

„Das kommt vom Sport", erwiderte er.

Der Dienstagvormittag war dann ruhig verlaufen. In der kleinen Pause machte man eine kurze Besprechung, die keine wichtigen Inhalte hatte.

Um elf Uhr wurde ein 10-jähriger Junge von einem Mann herein getragen.

Der Bub hatte etwas verweinte Augen. Er war beim

Schulsport mit dem Fuß nach außen umgeknickt und es tat ihm höllisch weh.

Die Helferin bat den Mann, es war der Hausmeister der Volksschule, den Jungen auf die Liege abzusetzen.

„Ich wollte ihn gleich ins Krankenhaus fahren, aber er wollte zuerst zu seinem Hausarzt!"

Dieser war jedoch nicht da.

„Christoph, wir haben einen ganz netten Vertreter, du brauchst keine Angst zu haben!", sagte Helferin Beate.

Alexander näherte sich lächelnd : „Bei welcher Sportart ist dir das passiert?"

„Beim Basketballspiel in der Halle. Bei der Landung nach einem Korbwurf bin ich böse umgeknickt – es hat gekracht! - Unser Sportlehrer hat gleich einen blauen Eisbeutel drauf gebunden!", sagte der Junge.

„Ich schau es mir gleich an und du bekommst jetzt erst mal einen abschwellenden Schmerzsaft! - Wir müssen dich dann aber doch noch zum Röntgen fahren lassen."

Sie entfernten den Notverband mit dem etwas verrutschten Eisbeutel und verbanden das dicke Sprunggelenk wieder neu.

Der Hausmeister nahm den Jungen, mit einem Überweisungsschein für Schulunfälle, zur Chirurgischen Abteilung im Krankenhaus, wieder mit.

„Herr Doktor, heute müssen Sie einen Hausbesuch bei einer alten Patientin machen, die am Ortsrand in einem Bauernhof lebt und schon lange nicht mehr da war. - Die Angehörigen haben angerufen, dass sie im Bett liegt, ganz dicke Beine hat und nicht mehr aufstehen will", sagte Andrea.

Alexander fuhr gleich kurz nach 12 Uhr los, da sich sonst kein Patient mehr angemeldet hatte.

Er hatte den Computerausdruck der Personalien mit den

letzten Aufzeichnungen von der Patientin mitgenommen und die Mappe mit den üblichen Formularen für alle Fälle.

Es war ein sehr schöner, großer Bauernhof in Hufeisenform mit alten grünen Fensterläden, das Dach war mit Biberschwanz-Dachplatten gedeckt. Die Schwiegertochter, eine freundliche, schlanke Frau um die 55, begrüßte ihn an der schweren Haustüre und führte ihn in den 1.Stock zum Schlafzimmer der Seniorin, die verwitwet war.

Die über 90-jährige ehemalige Hofherrin war geistig erstaunlich rege.

„Herr Doktor, meine Beine sind in den letzten Wochen immer schwerer geworden, und wegen der Atemnot komme ich kaum mehr zur Toilette, ich habe mir schon den Nachtstuhl bringen lassen."

„Dann schauen wir mal", sagte Alexander und untersuchte sie sehr sorgfältig von Kopf bis Fuß.

„Frau Gruber, ich habe nun bei Ihnen einiges festgestellt und würde Sie gerne im Krankenhaus behandeln lassen, da wir von Ihnen auf jeden Fall ein EKG, eine Röntgenaufnahme des Brustkorbs und verschiedene Blutuntersuchungen brauchen."

Sie antwortete ruhig: „Herr Doktor, ich gehe auf keinen Fall ins Krankenhaus, dort ist mein Mann gestorben, - und ich sterbe lieber zu Hause. Versuchen Sie mir hier zu helfen!"

Alexander sah sie lächelnd an. Sie lächelte mit ihren kleinen Äuglein zurück. Sie war eine zarte, wohl ehemals zähe Person.

Er hatte bei der Untersuchung folgende Befunde erhoben: Blutdruck RR 130/60, Puls 80 unregelmäßig, starkes, rauschendes Herzgeräusch - ein *Systolikum*, über den unteren Lungenfeldern feuchte Rassel-

geräusche, Bauch etwas gebläht, erhebliche

Wasseransammlung in den Beinen.

„Sie haben ziemlich viel überflüssiges Wasser im Körper.

Die Ursache ist wahrscheinlich die nachlassende

Herzleistung und wahrscheinlich auch die reduzierte

Nierenleistung. Ich gebe Ihnen jetzt eine Spritze und

schreibe Ihnen Tabletten auf, die Sie ganz regelmäßig

nehmen müssen. Morgen schicke ich eine Assistentin der

Praxis vorbei, um Ihnen Blut abzunehmen,

- ist das okay?“

Sie lächelte ihn dankbar an und nickte zustimmend.

Beim Verabschieden von der jüngeren Bäuerin am

Hauseingang erklärte er dieser das weitere Vorgehen und

er hatte den Eindruck, dass sie alles verstanden hatte

und auch damit einverstanden war, da es die

Schwiegermutter so wünschte. Sie wollte es auch dem Hausherrn, deren Sohn, so weitergeben.

Die Mittagspause war etwas kürzer ausgefallen.

Er holte sich an einem Imbiss-Wagen einen *Döner* in Alufolie und trank in der Wohnung Limonade dazu, las die Zeitung und ruhte sich wie gestern ein bisschen aus. Die Nachmittagssprechstunde verlief ruhig. Er ließ ein paar EKGs machen und gleich die Lungenfunktion dazu. Er konnte sich mit einigen Patienten unterhalten und ihre Laborwerte vom Montag analysieren. Der Langzeit-Zuckerwert *HbA1c* wurde bei einigen Diabetikern gemacht und er überprüfte deren Medikamente und sprach mit ihnen über typische Diätfehler, die sie vielleicht vermeiden konnten.

Bei einem Patienten wurde am Tag zuvor eine Langzeit-Blutdruckmessung angelegt und er besprach mit ihm nun das Ergebnis und empfahl wegen der zu hohen

Werte ein Medikament in der Dosis ein wenig zu erhöhen.

Um 17 Uhr 45 kam der Anruf eines aufgeregten Wirtes,

der Patient in dieser Praxis war, mit der Mitteilung, dass

einem älteren Gast ein Fleischstück im Hals stecken

geblieben sei.

Die Gastwirtschaft war nicht weit, sie lag an einer

Ausfallstraße Richtung Autobahn.

Alexander kannte das Lokal.

„Gebt mir schnell eine *Magill-Zange* und ein paar

Kompressen mit, ich fahre gleich hin", rief er,

„und bestellt den Notarzt!"

In der Gaststube saß ein Mann am Boden, mit dem

Rücken an die Theke gelehnt.

Er hatte am daneben stehenden Stammtisch gegessen

und anscheinend ein zu großes Stück Fleisch

hinunterschlucken wollen.

Einige männliche Gäste standen um ihn herum, als Alexander die Türe öffnete.

An seinen beiden Koffern erkannten sie ihn als Arzt .

Der Wirt, in grauer Schürze, erzählte ihm schnell den Sachverhalt. Herr Dreyer, ein 78-jähriger Rentner, war noch nicht bewusstlos, er hüstelte, würgte immer wieder und bräunlicher, teils schaumiger Speichel lief ihm aus dem Mund.

Alexander zog sich Silikon-Handschuhe an, nahm das *Laryngoskop* aus seinem Alukoffer und die lange, gebogene *Magill-Zange* aus seiner Jackentasche.

Er hatte keine Angst, er konnte ja immer noch den chirurgischen Eingriff unterhalb des Kehlkopfs, die *Koniotomie* zwischen Schild- und Ringknorpel, durchführen und den Mann über den *Airfree*, den er in seinem Notfallkoffer mitführte, beatmen.

Alexander hatte gute Nerven, er war beinahe eiskalt in

solchen Momenten, das war seine Stärke.

In der Notfallmedizin wusste er, was zu tun war, sie war zu seinem Hobby geworden.

Er schaute auf die Umstehenden und bat zwei Männer, ihm zu helfen. Sie zogen den Mann etwas von der Theke weg.

„Einer stützt ihn von hinten und einer hält von der Seite seinen Kopf, leicht in den Nacken gebeugt, ich muss zuerst mal in seinen Rachen leuchten!", sagte er zu ihnen.

Dem Patienten standen die Tränen in den Augen.

Alexander klemmte eine Kompresse in die Zange und sagte laut:

„Jetzt geht´s los, Herr Dreyer, machen Sie den Mund weit auf, - den Mund weit auf!"

Die Zahn-Vollprothese hatte der Patient in seiner Panik vorher schon selbst entfernt.

Alexander leuchtete mit der Halogenlampe des Laryngoskops in den Rachen, er konnte wenig erkennen...

Mit der Kompresse an der Zange wischte er den Schleim nach draußen.

Er musste versuchen, den Speisebolus nach oben zu bringen, er wollte aber auch nicht mit roher Gewalt die Stimmbänder oder den Kehldeckel verletzen.

Der Patient würgte und stöhnte.

„Ich probier jetzt mal das so genannte *Heimlich - Manöver*, - und dann klopfe ich ihm fest auf den Rücken - und dann versuche ich nochmal, das Stück Fleisch zu - erwischen. Lasst mich hinter ihn treten!", sagte er.

Er ging schnell, mit einem Knie am Boden, hinter den sitzenden Mann, umfasste dessen Bauch mit seinen Armen, ergriff seine eigenen Hände, holte tief Luft und indem er fest ausatmete, zog er mit einem Ruck seine

Hände und Unterarme gegen den Oberbauch des

Patienten, um einen starken Druck über dessen

Zwerchfell in Richtung seines Rachens auszuüben.

Sofort nach diesem Manöver drückte er den Mann weit

von sich nach vorne weg und schlug ihm kräftig mit dem

flachen Handballen zwischen die Schulterblätter.

Anschließend sprang er auf und wechselte mit den

Männern wieder die Plätze, so wie sie zu Anfang

gestanden hatten.

Dieses Manöver hatte wenige Sekunden gedauert.

Schnell nahm er sein Laryngoskop und die Zange in die

Hände und er sah tatsächlich, dass der

Fleischfremdkörper sich nach oben gelockert hatte.

Er bekam ihn nun zu fassen und entfernte ihn.

Der Patient schleimte noch stark und hustete und

schluckte immer wieder.

Im Ohr hatte er noch das Martinshorn, als der Notarzt
mit drei Rettungsassistenten und ihren Notfall-
Gerätschaften durch die Türe kam.

„Ich habe den *Bolus* schon erwischt, gebt mir bitte noch
schnell das Absauggerät für den Rest."

Es war das gleiche elektrische mit Akku, das er vom
Rettungsdienst in Berlin her kannte.

Der Notarzt nahm den Mann noch zur Beobachtung und
genaueren Untersuchung mit ins Krankenhaus.

Alexander fuhr in die Praxis zurück, hinter deren Fenster
kein Licht mehr brannte.

Er ging hinein und sah, dass alles in Ordnung war.

Sein Computer war abgeschaltet. Auf seinen Schreibtisch
lag ein Klebezettel mit der Mitteilung, dass die zwei
letzten Patienten morgen wieder kämen.

Zum Abendessen fuhr er in ein Lokal in die Stadtmitte, wo ihn keiner kannte.

Nach dem Essen hörte er bereits an der Theke eine Erzählung von dem Zwischenfall, der sich in dem anderen Gasthaus zugetragen hatte.

Am Mittwoch früh musste er den Mitarbeiterinnen von dem Notfall berichten und sie fragten ihn, ob er die Krankenversicherungskarte des Patienten in das mobile Kartenlesegerät, das in seiner Jackentasche steckte, eingelesen hatte.

Er hatte natürlich nicht. Sie wollten sich noch darum kümmern.

Er musste an diesem Tag ja nur bis Mittag arbeiten, eine Arzthelferin war in der Früh zu der alten Bäuerin zur Blutabnahme gefahren. Sie erzählte, dass bei der Patientin die *Diurese* gut eingesetzt habe, schon viel

Wasser weg gegangen sei, und die Seniorin schon wieder selbstständig auf die Toilette gehen könne.

Er kreuzte auf der Laborkarte an, welche Blutwerte er haben wollte. Er musste die Patientin mit dem Ergebnis in der Hand am Donnerstag wieder besuchen.

Der Mittwoch früh brachte einige Erkältungen, keine richtige Grippe, auch waren in Dr. Mayers Praxis sehr viele Patienten gegen die *Influenza* geimpft.

Es kamen einige Patienten mit bekannten chronisch wiederkehrenden Rückenschmerzen, die eine Spritze wollten.

Er fragte manchmal: „Spritze oder Tabletten?"

Das überließ er manchen Patienten und die Helferinnen kannten deren Wünsche und verabreichten dann die Injektion nach seiner Untersuchung und Genehmigung.

„Verordnen Sie bitte eher Krankengymnastik als Fango

und Massagen, da bekomme ich sonst wieder Ärger mit den Kassen.

Einen Regress brauche ich in meinem Alter nicht mehr", hatte ihn Dr. Mayer letztes Jahr gebeten.

Bereits nach der Frühstückspause hatte ein Patient über den gestrigen Vorfall im Gasthaus im Wartezimmer erzählt. Dieser hatte im Ort schnell die Runde gemacht und das Praxisteam und die Patienten waren stolz auf „ihren jungen Doktor".

Einem Patienten mussten sie eine Infusion verabreichen, dieser konnte seine bekannte Migräne diesmal mit seinen speziellen Tabletten nicht durchbrechen.

Er war sehr dankbar, als er die Praxis nach einer Stunde nahezu schmerzfrei verlassen konnte.

„Legen Sie sich zu Hause gleich ins abgedunkelte Schlafzimmer, dann müssten Sie morgen wieder fit sein!", gab ihm Alexander noch mit auf den Weg.

Bei einer anderen Patientin mussten sie wegen Hörsturz die vom *HNO*-Arzt begonnene Infusionstherapie weiterführen.

Mittags konnte die Praxis pünktlich geschlossen werden und er und die Mädels, wie er sie auch liebevoll nannte, freuten sich auf den freien Mittwoch - Nachmittag.

Es war zum Glück trockenes, warmes Wetter und er wollte heute mit seinem Mountainbike in der schönen, leicht hügeligen Landschaft rund um das Städtchen eine längere Tour bis zur Dämmerung unternehmen.

Er hatte seine wärmere Funktionswäsche angezogen und sicherheitshalber in seinen Rucksack auch eine

Windbreaker-Jacke eingepackt.

Er füllte seine Trinkflasche mit Mineralwasser und einer Magnesium-Brausetablette und pumpte nochmals die grobstolligen Reifen an einer Tankstelle mit dem Kompressor auf einen Wert von 3,5 bar kräftig voll.

Ein kleines Mittagessen wollte er außerhalb der Stadt in einer ihm bekannten Dorfwirtschaft einnehmen. Dann wollte er nur über Wald- und Wiesenwege fahren, - und zwar mit gutem Tempo, um auch was für seine Kondition zu tun.

Er musste kräftemäßig fit werden, da er ab Mai bei den Tennisspielen seines neuen Vereins wieder in der Herren 30 – Runde punkten wollte.

Seine Freundin Lisa spielte nicht Tennis.

Er war froh, dass sie ihn begleitete und nicht mit einer Damenmannschaft am Sonntag irgendwohin fuhr.

Er freute sich schon sehr, dass er sie in zwei Tagen

wieder in den Armen halten konnte.

Manchmal waren fünf Tage schon sehr lange.

Sie hatte auch schon Sehnsucht nach ihm, was sie ihm am Telefon zuflüsterte.

Aber der März war für ihn ein Arbeitsmonat und brachte sehr gutes Geld.

Ein unerwartet gefährliches Erlebnis hatte er bei seiner Radtour.

Er fuhr durch ein Waldstück, das ihm vom letzten Mal schon bekannt war.

Ein paar hundert Meter voraus sah er von weitem einen Schatten am Rande der ungeteerten Waldstraße. Beim Näherkommen erkannte er einen dunklen Wagen, ein älteres Mercedes-Modell, in dessen Kofferraum sich ein Mann zu schaffen machte. Zwei Wagentüren standen offen und er erkannte mehrere Personen im Inneren.

Als Alexander das Fahrzeug passierte, warf er

aus Neugierde noch einen Blick zurück auf das

vordere Nummernschild.

Es handelte sich um ein osteuropäisches Kennzeichen.

Alexander hatte ein komisches Gefühl und trat kräftig in

die Pedale.

Nach wenigen Sekunden hörte er ein Türenschlagen. Das

Fahrzeug wurde gestartet; er erkannte den Dieselmotor,

der auf Touren gebracht wurde und mit durchdrehenden

Rädern nahm das Auto die Fahrt in seine Richtung auf.

Alexanders Beine gaben ihr bestes und er sah etwa

dreissig Meter rechts vor sich einen Seitenweg, der wohl

nur von Wanderern benutzt werden konnte und der

etwas abschüssig zu sein schien.

Er verringerte das Tempo scharf mit seinen Scheiben-

bremsen und in halsbrecherischer Kurvenfahrt

raste er aus der vermeintlichen Gefahrenzone.

Er hörte noch die Vollbremsung des Autos auf dem Schotter und laute ausländische Worte, von denen er sich aber rasch entfernt hatte.

Auf der Weiterfahrt suchte er sich abgelegenere Wege, um dem Auto nicht noch einmal durch Zufall zu begegnen. Sein *Navi* auf dem Lenker führte ihn.

Als Mountainbiker hatte er zwar immer ein Pfefferspray bei sich, aber dieses hätte wohl gegen mehrere, wahrscheinlich bewaffnete Angreifer wenig genutzt.

Bei der Polizei später eine Meldung zu machen, konnte er auch nicht, da er ja selbst nicht auffallen wollte.

Als er bei einbrechender Dämmerung zurückkehrte, hatte er über 40 Kilometer herunter geradelt und war zufrieden mit seiner Leistung.

Die Begegnung im Wald ging ihm eine Zeitlang nicht aus dem Kopf.

Was hätte ihm da passieren können .....

In der Wohnung hängte er seine Kleider zum Trocknen auf und genoss eine ausgiebige Dusche. Er hatte für die gebrauchte Wäsche zwei Beutel dabei, den einen für die dunklen Sachen, den anderen für die hellen.

Lisa wollte das so.

Arztmäntel für die Praxis waren ihm zu unbequem und er hätte sie zu Hause ja auch nicht waschen können.

Er hielt auch die langen Ärmel für unhygienisch.

Er hatte sich noch Brot und Käse und ein paar Tomaten von einem Supermarkt mitgebracht.

Diesen Abend wollte er ein bisschen medizinische Literatur studieren und er machte es sich auf dem Sofa schön bequem.

Die Fachzeitschriften *Deutsches* und *Bayerisches Ärzteblatt* und die Wochenzeitung *Medical Tribune* konnte

er aus der Praxis mitnehmen, ebenfalls die *Ärztezeitung*,
die dreimal pro Woche im Briefkasten lag.

Die weiteren anderen Fachblätter wären ihm zu viel
gewesen.

Später sollte er auch noch mit Lisa *skypen*.

Am Donnerstagmorgen waren für drei Männer und eine
Frau so genannte Gesundheits-Checks alle 30 Minuten
einbestellt worden.

Bei diesen wurde ein EKG, Blutabnahme und die
körperliche Untersuchung durchgeführt.

Kindervorsorgeuntersuchungen machte man in der
Kinderarzt-Gemeinschaftspraxis am Krankenhaus.

Diese Untersuchung hätte er sich auch nicht zugetraut.

Ein Mann hatte einen Verwandten in Berlin und er fragte
Alexander ein bisschen aus.

Diesem machte es Spaß, da er auf jede Frage eine
Antwort hatte.

Im Jahr davor musste er einmal besonders aufpassen.

Ein Arzneimittelvertreter, der ihn in der Praxis besuchte

und dessen Firma ihren Sitz in Berlin hatte, und der in

früheren Zeiten auch Ärzte in Berliner Krankenhäusern

besucht hatte, wollte ihn ziemlich genau ausfragen,

wann und wo er in Berlin gearbeitet hatte. Und bei

welchen Chefs und Oberärzten usw.

Alexander war vorbereitet und antwortete souverän,

brach aber das Gespräch bald mit dem Hinweis ab, bevor

es noch mehr ins Detail ging, dass er nun Patienten

weiter behandeln müsse.

Er hatte sich dann vorgenommen, Pharmavertreter nicht

mehr zu empfangen. Er wollte kein Risiko eingehen.

Die Informationen über neue Medikamente holte er sich

lieber in der Fachliteratur und im Internet.

Einige wenige Patienten kamen zwischendurch mit

viralen Infekten der Atemwege oder mit Rücken-
beschwerden wegen körperlicher Überlastung oder
Verschleiß.

Als er die Patientin nach der dritten Gesundheits-
untersuchung an der Sprechzimmertüre verabschiedete,
sah er einen Patienten auf einem Stuhl vor der
Praxisanmeldung sitzen.

Er erschien ihm sehr blass. Helferin Beate kam hinter
der Theke hervor und sagte: „Herrn Müller müssen wir
gleich drannehmen, er ist schlecht beieinander."

„Bitte Herr Müller, kommen Sie mit", sagte Alexander. Er
gab ihm die Hand und bemerkte, dass dieser beim
Aufstehen stark schwankte. Er nahm ihn mit dem
Rautek-Griff von hinten sofort in seine Arme.

„Schnell, Beate, wir legen ihn gleich auf die Liege
im Ambulanzzimmer!" Beate übernahm die Beine.

Dort in flacher Lage mit etwas angewinkelten, erhöhten

Beinen erzählte dieser, dass er seit Tagen in der

Magengrube Schmerzen habe.

„Wie war der Stuhlgang?", fragte Alexander. „War er

schwarz?"

„Er war schwarz wie Teer, Herr Doktor!",

antwortete Patient Müller.

Sie legten sofort eine Infusion an und bestellten den

Rettungswagen, der den Patienten mit Voranmeldung

gleich ins Krankenhaus brachte.

Diese Symptome liessen auf eine Magenblutung

schliessen.

Nach der Sprechstunde musste er noch die alte

Bauersfrau von vorgestern besuchen, die er dann bis zur

Rückkehr ihres Hausarztes Dr. Mayer gut betreuen

wollte.

Sie lag lächelnd im Bett und es ging ihr bereits

wesentlich besser.

Sie hatte viel Wasser verloren, atmete leichter und die Ödeme an den Unterschenkeln waren erheblich weniger geworden.

„Ihre Nierenwerte sind ein bisschen erhöht, und Sie haben einen Eisenmangel", sagte er. „Wir müssen am Montag noch mal das Blut kontrollieren, - mit den Medikamenten machen wir vorerst so weiter.

Ich gebe Ihnen noch eine Spritze mit einem Eisenpräparat", sagte Alexander.

Beim Verabschieden steckte sie ihm eine Schachtel mit frischen Landeiern zu.

Auch er selbst freute sich sehr über seine erfolgreiche Therapie.

Die Nachmittag-Sprechstunde am Donnerstag verlief ruhig mit den üblichen Erkrankungen in einer Hausarztpraxis.

Gegen 17 Uhr 30 wurde er mit einem jungen Mann am Telefon verbunden: „Herr Doktor, kommen Sie schnell, meine Mutter atmet ganz schlecht!", rief dieser ins Telefon. „Sie kennen sie, Sie haben Sie schon mal bei uns zu Hause behandelt."

Alexander erinnerte sich sofort an die circa Fünfzigjährige, die schon öfter einen schweren Asthmaanfall hatte.

„Rufen Sie gleich den Rettungsdienst, ich komme sofort!" Er fuhr die vier Kilometer in zügiger Fahrt, da er die Adresse und das Einfamilienhaus noch in Erinnerung hatte.

Der Sohn der Patientin erwartete ihn schon am Hauseingang.

Der junge Ehemann wohnte im Erdgeschoss mit seiner Familie, seine verwitwete Mutter im Dachgeschoss.

Dem Sohn übergab er den Notfallkoffer, Alexander selbst

nahm seine Arzttasche. Der Jüngere ging eiligen

Schrittes die Treppe nach oben voraus.

Alexander nahm immer zwei Stufen mit einem Schritt.

Rechts von der Diele saß die Patientin bei offener Türe

auf ihrem Bett im Schlafzimmer. Die Arme hatte sie

am Bettrand abgestützt und atmete schwer. Alexander

erkannte, dass er hier rasch handeln musste. Er riss

beide Koffer auf, um an das lebensrettende Material zu

kommen. Als erstes nahm er die Sauerstoffflasche,

drehte den Hahn voll auf und stülpte die Maske der Frau

über das Gesicht. Dann ergriff er zwei Staubinden und

umschlang damit beide Oberarme der Patientin,

die extrem nach Luft rang. Er musste so schnell wie

möglich eine Vene finden, um eine Infusion anlegen zu

können.

Er hatte noch in Erinnerung, dass die Übergewichtige

sehr schlechte, brüchige Venen hatte.

Nebenbei sah er, dass sie wohl bereits ihre beiden

Asthma-Sprays angewendet hatte, ohne dass diese eine

positive Wirkung gezeigt hätten. Er zog schnell die

üblichen Spritzen für einen schweren Asthma-Anfall auf,

da merkte er, da der Sohn *Vorsicht* rief, dass die

Patientin schräg vom Bett zu fallen drohte.

Reaktionsschnell fing er sie auf halber Höhe auf und

legte die Bewusstlose auf den Boden vor dem Bett.

Nun nahm er den Ambu-Beutel aus dem Koffer, schloss

den Sauerstoff an und in einer Kurzschulung zeigte er

dem Sohn, wie man beatmet.

Er hatte immer noch keinen venösen Zugang. Die Frau

hatte jetzt bereits ein sehr zyanotisches Gesicht. Schnell

nahm er die Adrenalin-Fertigspritze und stiess der

Patientin die ganze Ampulle in den vorderen

Oberschenkel. Er klopfte deren beide Arme, um eine

Vene hervorzulocken. Nichts brauchbares in der Ellenbeuge oder am Handrücken zu sehen oder zu fühlen! - *„Komm Vene, komm!"*, *sprach er zu sich.*

An der Innenseite des Unterarms zeigte sich ein feines Blutgefäß, dieses musste er unbedingt für einen Zugang gewinnen.

Er erinnerte sich an die Kopfhaut-Infusionen auf der Frühgeborenen-Station damals in der Kinderklinik.

Mit seiner kleinsten Kunststoff-Verweilkanüle konnte er nun endlich die Infusion anschliessen und spritze das Kortison und das Antihistaminikum dazu.

Die beiden, jetzt dazu gekommenen, Rettungs-assistenten übernahmen nun die professionelle Beatmung, wechselten die Sauerstoffflasche und Alexander fixierte mit einem Verband seine Nadel, die sie während der Fahrt ins Krankenhaus wie ein rohes Ei behandeln sollten.

Die Gesichtsfarbe der Patientin hatte sich erheblich verbessert und gemeinsam konnten sie sie jetzt über die Treppe mit der Trage zum Rettungswagen bringen.

Im Fahrzeug schlug die Frau plötzlich die Augen auf und wollte sich in ihrer Verwirrung mit dem Oberkörper aufrichten.

„Bleiben Sie bitte liegen, Sie hatten einen schweren Asthma-Anfall, jetzt sind Sie schon auf dem Weg der Besserung. Wir fahren jetzt gemeinsam ins Krankenhaus zur Überwachung, Sie kennen das ja."

„Ach, Herr Dr. Alexander, Sie sind es !" Unter der Maske konnte sie schlecht sprechen. Jetzt konnten sie ihr den reduzierten Sauerstoff über die Nasenbrille insufflieren.

Da zu dieser Zeit gerade kein Notarzt zur Verfügung stand, begleitete Alexander die Patientin mit in die Klinik auf die Intensivstation. Er war froh, dass er diesen *Status asthmaticus* hatte durchbrechen können.

Morgen war der letzte Arbeitstag in dieser Woche.

Alexander freute sich schon sehr auf seine Lisa, die er

am nächsten Abend wiedersehen sollte.

Am Freitag um halb 12 Uhr rief Dr. Mayer in seiner

Praxis an, um sich zu erkundigen, wie es dem Team

gehe. Sie bestätigten ihm, dass alles bestens sei und er

freute sich sehr.

Er ließ sich noch mit Alexander verbinden und wünschte

ihm eine weiterhin erfolgreiche und befriedigende Arbeit.

Er erzählte ihm nebenbei, dass sich seine Frau beim

Langlauf ein wenig an der Schulter verletzt hatte.

Alexander konnte überhaupt nicht Skifahren, es hätte

ihn schon mal gereizt, es mit Lisa zusammen zu

erlernen.

Lisa machte Tanzgymnastik und joggte und fuhr mit ihm

zusammen Mountainbike, um neben dem Spaß auch

ihre knackige Figur zu behalten.

Es war der Freitagabend gekommen.

Pünktlich um 18 Uhr 15 konnte er bereits das

Praxishaus verlassen, da er in der Mittagspause schon

seine Reisesachen in sein Auto geladen hatte. Circa

zweieinhalb Stunden sollte seine Heimfahrt dauern,

die Strecke betrug fast 250 Kilometer.

Eine Stunde vor seinem neuen Wohnort steuerte er auf

der Autobahn noch eine Raststätte an, um sich ein

kleines Abendessen mit ins Auto zu nehmen.

Es drängte ihn jetzt schon sehr zu seiner Geliebten und

er wollte keine Zeit verlieren, so dass er seinem Diesel die

Sporen gab.

Die gemeinsame 4-Zimmer-Wohnung war dunkel. Aus

dem Wohnzimmer fiel ein Lichtschein in die Diele.

Er stellte seine Koffer gleich hinter der Eingangstüre ab,

hängte seine Lederjacke an die Garderobe und schlüpfte aus den Slippern.

Auf dem 42-Zoll-Schirm lief ein Spielfilm auf ARTE, den sich Lisa anschauen wollte, sie war jedoch beim Fernsehen auf dem Sofa eingeschlafen.

Er stellte mit der Fernbedienung den Ton leise.

Alexander setzte sich vorsichtig zu ihr an das Fußende.

Er betrachtete die Schlafende.

Sie war so hübsch mit ihren kurzen dunklen Haaren.

Sie hatte nur einen schwachen Lidstrich aufgetragen und die vollen Lippen waren mit einem kussfesten Stift leicht rot geschminkt. Ihre Haut benötigte kein Make-up.

Er umfasste vorsichtig ihre Fußfesseln und genoss die schöne Form und die zarte, warme Haut. Sie rührte sich noch nicht.

Sie hatte schon ihren flauschigen Frottee-Bademantel angezogen und sah einfach bezaubernd aus.

Langsam strich er mit einer Hand den Mantel von ihren

Beinen bis über die Mitte der Oberschenkel und er

konnte bei der schwachen Beleuchtung ihre Scham

erahnen, da sie darunter ganz nackt war.

Sie war dort ebenfalls kurz geschnitten, nur die

Bikinizone war rasiert, so wie er es liebte.

Schließlich regte sie sich und öffnete leicht ihre Augen:

„Ah, du bist schon da", sagte sie mit leiser Stimme.

„Ja, - es gab keinen Stau", antwortete er.

Mit seinen Händen fuhr er sanft über ihre schlanken

Knie und die wunderbar weiche Haut ihrer festen Beine.

Ihr Bademantel hatte sich geöffnet und er küsste ihre

Knie und strich mit seinen Lippen über die Samtheit

ihrer Oberschenkel.

Sie richtete sich leicht auf und schlüpfte aus dem oberen

Teil ihres Frottees.

Sie hatte herrliche, mittelgroße Brüste und er sah, dass

sich ihre Mamillen bereits leicht aufstellten. Er spürte

bei sich selbst eine schnelle Erregung.

Sie zog seinen Kopf zu sich hoch und sie umschlangen

sich im Sitzen zu einem langen intensiven Kuss. Sie

öffnete bald seinen Jeansgürtel und mit seiner Hilfe zog

sie ihm die Hose vom Körper. Er entledigte sich der

restlichen Wäsche und setzte sich neben sie auf ihr

Loveseat, wie sie den Dreisitzer nannten.

Dieser war mit einer kuscheligen Decke belegt.

Wieder und wieder streichelten und küssten sie sich

leidenschaftlich mit geöffneten Lippen.

Lisa löste sich nun aus seiner Umklammerung und glitt,

mit dem Gesicht zu ihm gerichtet, auf seine

Oberschenkel. Schnell hatten sie sich vereint.

„Ich habe mich so sehr nach dir gesehnt, ich bin schon

ganz feucht", flüsterte sie ihm ins Ohr.

Er spürte sie, diese wunderbar gleitende Wärme, die ihn

umschloss.

Er zog Lisa langsam fest zu sich, um vorerst ohne Bewegung diese herrliche Tiefe eine gewisse Zeit zu spüren.

Mit den Händen fuhr er über die glatte Haut ihres Rückens und ihres Pos. Er küsste zärtlich die Sanftheit ihres seitlichen Halses.

Sie begann nun, sich langsam zu bewegen und drückte ihre Scham fest gegen die seine und umfasste seinen Oberkörper mit ihren zärtlichen Händen.

Er saß mit dem Rücken an der Lehne des Sofas und konnte nun auch mit einer oder beiden Händen ihre Brüste streicheln.

Es war für ihn immer wieder ein wunderschönes Gefühl, mit seiner bezaubernden Liebsten eins zu sein.

Sie wurde jetzt immer schneller in ihren Bewegungen und er musste sie kurz bremsen, um nicht vor ihr zu kommen.

Er wollte die Vereinigung länger genießen.

Nach einer Pause begann sie, sich wieder langsam zu bewegen und sie wurden zusammen immer schneller.

Er spürte ihre enorme Körperspannung kurz vor dem Höhepunkt und stieß mit großem Tempo gegen sie.

Mit lautem Stöhnen in fester Umarmung erlebten sie die gemeinsame Ekstase.

Nach wenigen Minuten drehte er sich, legte sich auf den Rücken und zog sie, noch immer mit ihr vereint, auf sich.

Bald warf sie ihren Bademantel, der auf den Boden vor dem Sofa gefallen war, über sich, da sie nun leicht fröstelte und ruhte weiterhin halb auf ihm.

Sie lagen noch lange in dieser Position zusammen, ohne ein Wort zu sprechen, sie genossen nur ihre Nähe und ihren gegenseitigen, geliebten Geruch.

Alexander schaltete den noch flimmernden Bildschirm aus und trug Lisa ins Schlafzimmer. Sie hatten dort Lust, nochmals zärtlich zu einander zu kommen. Dieses Mal übernahm er die Initiative, es war eine wunderbare Harmonie zwischen ihnen beiden.

Lisa musste am Samstag nicht zur Arbeit und so konnten sie ein sehr schönes gemeinsames Wochenende verbringen. Sie gingen noch zusammen einkaufen und ein bisschen bummeln und genossen die ersten warmen Sonnenstrahlen des Monats März.

Sie waren sehr verliebt.

Sie fragte ihn, ob er bei seinen Besuchen der Drogerien in Bayern geschäftlich Erfolg gehabt habe. Er sagte, er glaube schon, dass er weitere Aufträge für seine Hautcreme erhalten würde.

Noch hatten sie getrennte Konten und Kassen.

Am Samstagabend, nachdem sie sich vorher wieder geliebt hatten, gingen sie zusammen mit ein paar Freunden in ein italienisches *Ristorante* und hatten eine nette, fröhliche Gesellschaft.

Lisa war leicht beschwipst von zwei Gläsern Rotwein und sie kamen gegen Mitternacht nach Hause und schliefen Arm in Arm ein.

Am nächsten Tag fielen sie nach dem Duschen nochmals über einander her und verbrachten dann zusammen das Frühstück im Bett.

Als er nach 17 Uhr eine Autofahrer-Sendung im Fernsehen ansah, schlang sie plötzlich von hinten kommend ihre Arme um seine Brust, küsste ihn auf die Wange und flüsterte ihm ins Ohr:

„Ich glaube, ich will bald ein Baby von dir."

Er empfand diese Aussage in diesem Moment sehr rührend. Er zog sie lachend über die Sofalehne in seine

Arme und küsste sie anhaltend.

Sie sahen sich den Rest der Sendung noch zu Ende an und er trug sie anschließend ins Schlafzimmer und zeigte ihr nochmals, wie sehr er sie begehrte.

Lisa war eine sehr sensible Frau. Als er mal eines Abends nach Hause kam, rannen ihr Tränen über die Wangen. Im Internet hatte sie gerade bei *youtube.com* unter dem Titel „*Britain´s Got Talent 2009*" die einfache Hausfrau *Susan Boyle* bei deren Gesangvortrag gesehen und war sehr gerührt von deren Auftritt. Lisa war bescheiden und mitfühlend und in ihrem Freundeskreis sehr beliebt, trotz ihres beneidenswert guten Aussehens.

Es war nun nach 20 Uhr und Lisa hatte ihm ein kleines Essen zubereitet, da er noch diesen Abend fahren wollte, um nicht am Montagmorgen wegen eines Verkehrstaus zu spät in der Praxis des nordbayerischen Städtchens anzukommen.

Zu Lisa sagte er, er habe schon in aller Früh einen Termin bei einem Kunden.

Am Montag war es um 8 Uhr in der Praxis schon sehr voll.

Patienten mit den verschiedensten Beschwerden kamen in die Sprechstunde.

Aber das war beim Hausarzt ja normal und er fand das schon sehr interessant.

Die reine Facharzt-Tätigkeit hätte er sich für sich selbst nicht vorstellen können. Die gesamte Familie zu betreuen und lange Jahre zu begleiten erschien ihm sehr abwechslungsreich und befriedigend.

In der Praxis von Dr. Mayer gefiel es ihm schon sehr gut,

aber das Risiko hier länger zu bleiben und irgendwann

mal einem Bürokraten aufzufallen, war ihm doch zu

riskant.

Also lieber öfter mal den Standort zu wechseln, war

sicherer.

Er hatte vor einem Jahr einmal den Fehler gemacht, eine

für ihn falsche Praxis zu wählen. In einem schwäbischen

Marktflecken war ein Hausarzt selbst erkrankt und er

sollte für vier Wochen die Praxisvertretung übernehmen.

Als er Anfang Februar am Montagmorgen in dieser Praxis

eines Landarztes begann, war das Wartezimmer schon

brechend voll. Bis zur Haustüre standen die Patienten.

Er hatte noch nicht die Routine wie jetzt und hatte bis

zum Mittag bereits 60 direkte Patientenkontakte.

Der helle Wahnsinn. Es war Fließbandarbeit. Er war im

Hamsterrad gefangen.

Auch hatte er dazwischen telefonische Beratungen und Hausbesuchsanforderungen, die er am Telefon richtig einordnen musste, ob sie dringend waren oder noch ein wenig Zeit hatten, - oder ob er nicht gleich den Notarzt hinschicken sollte.

In der sehr kurzen Mittagspause, nach einer schnellen Mahlzeit, fuhr er einige Hausbesuche und musste dann bereits um 15 Uhr wieder mit der Sprechstunde beginnen.

Diese dauerte bis 19 Uhr 30 und er musste anschließend nochmals zwei Hausbesuche durchführen, so dass er erst kurz vor 21 Uhr zum Abendessen kam.

Gegen Mitternacht nochmals eine telefonische Beratung wegen eines fiebernden Kindes, das einen leichten Hautausschlag hatte.

Der Kinderarzt, bei dem sie üblicherweise in Behandlung waren, war nicht zu erreichen.

Die Telefon-Rufumleitung der Praxis war immer auf sein Handy gestellt.

Es ging die ganze Woche in einem ähnlichen Stil weiter, und er war froh als das Wochenende kam. Die zweite Woche war etwas ruhiger, aber er fühlte sich trotzdem vollkommen überlastet.

Am zweiten Wochenende entschloss er sich, die Vertretung bei diesem Landarzt Dr. Frieder Leztew, dessen Großvater aus Eisenach in Thüringen stammte, abzubrechen.

Er hatte wegen des Zeitdrucks nach einem Hausbesuch beinahe einen schweren Unfall. An unbekannter, etwas unübersichtlicher Stelle überholte er ein landwirtschaftliches Fahrzeug und es tauchte plötzlich vor ihm ein kleiner Lieferwagen auf, dessen Fahrer es wohl auch eilig hatte. Sie machten beide eine Vollbremsung und Alexander konnte gerade noch nach rechts einscheren.

Der andere Fahrer hupte und zeigte ihm den Vogel.

Er rief bei der Arztehefrau, einer Einheimischen, am
Sonntag Abend mit leidender Stimme an, um ihr
mitzuteilen, dass er nun selbst mit Fieber im Bett liege.
Er wollte diese Situation nicht mehr durchstehen.
Den Mitarbeiterinnen der Praxis ihres Mannes gab die
Arztfrau dann Sonderurlaub.
Alexander war es ein Rätsel, wie man das Arbeitspensum
in einer großen Landarztpraxis mit den vielen
Wochenenddiensten und Nachtstörungen über
Jahrzehnte bewältigen konnte.
Diese Ärzte wurden ja auch schlecht von den
Gesetzlichen Krankenkassen honoriert und konnten
wegen der zu geringen Anzahl an Privatpatienten auf
dem Lande dies finanziell nicht kompensieren.
Da ihn das schlechte Gewissen etwas plagte, rief er

später den Landarzt an, um sich nach ihm zu erkundigen.

Dieser sagte ihm, dass er jetzt kurz vor dem Rentenalter dringend einen ärztlichen Assistenten, der dann vielleicht die Praxis übernehmen könnte, suche und er anscheinend keine Aussicht auf einen Nachfolger habe.

Er wüsste nicht, wie die Landbevölkerung in Zukunft versorgt werde, denn viele der Kollegen seiner Dienstgruppe hätten bis zum Rentenbeginn auch nicht mehr lange Zeit.

Die Politiker hätten in dieser Hinsicht alle versagt und würden die verbliebenen Landärzte mit zu viel Bürokratie und schlechter Bezahlung schikanieren, so dass kein junger Arzt sich diesen Hausarztberuf auf dem Lande antun wolle.

Die Krankenkassenbosse tanzten den Politikern auf der Nase herum und wollten anscheinend in der Zukunft versuchen, naive ausländische Ärzte in medizinischen Versorgungszentren anzustellen.

Da wäre dann die bisherige freie Arztwahl für den Patienten Vergangenheit.

Die jungen deutschen Ärzte, denen der deutsche Steuerzahler das teure Medizinstudium mit bezahlt hatte, würden ihr Heil in einer anderen Sparte suchen oder in das Ausland, z.B. in die Schweiz, gehen, wo sie noch geschätzt würden.

Dort würden sie dann ihre Steuern zahlen, die dem deutschen Fiskus entgehen würden. Ob diese Ärzte dann in Deutschland alle ersetzt werden könnten, war die Frage.

Bereits heute gäbe es vor allem bei den Fachärzten eine Zweiklassen-Medizin.

Privatversicherte Patienten erhielten viel schneller einen

Termin, obwohl ihre Monatsbeiträge an die private

Krankenversicherung viel günstiger waren, aber der Arzt

konnte ein wesentlich besseres Honorar erzielen.

Alexander wusste dies, denn er selbst zahlte als

Freiberufler nur 230 Euro im Monat in seine

Krankenversicherung, bei einer Selbstbeteiligung von

900 Euro im Jahr.

Aber er hatte diese zum Glück bisher noch nicht in

Anspruch nehmen müssen.

In der Praxis von Dr. Mayer ging die Sprechstunde weiter

und nach ein paar Routinefällen informierte sich

Alexander gerade am Computer über die Vorgeschichte

einer älteren Patientin, die er als nächstes aufrufen

wollte.

Helferin Manuela klopfte an die Türe und öffnete diese

gleichzeitig.

„Herr Doktor, schauen Sie mal bitte schnell ins

Wartezimmer, dort geht es Herrn Hacker gerade schlecht!"

Er erhob sich schnell und sie gingen die wenigen Schritte zu dem Patienten.

Der 54-Jährige saß blass und kaltschweißig auf dem Wartezimmerstuhl.

„Herr Hacker, Sie bleiben ruhig sitzen, wir tragen Sie auf dem Stuhl schnell in den Behandlungsraum und legen Sie dort flach",

sagte Alexander, und sie trugen ihn zu dritt,

von drei Seiten den Stuhl anhebend, schnell zur Liege.

„Haben Sie Schmerzen, Herr Hacker?", fragte er.

„Ja, ich habe seit Tagen immer wieder einen Druck im Oberbauch und jetzt auch Übelkeit und ein Engegefühl im Hals, deswegen bin ich gekommen."

Alexander sagte, nachdem er den Blutdruck gemessen, den Puls beurteilt und das Herz kurz abgehorcht hatte:

„Wir machen nun ein EKG und legen Ihnen eine Infusion an!"

Er gab ihm zwei Hübe aus der *Nitrospray*-Flasche in den Mund.

„Wir entlasten damit nun Ihr Herz!", sagte er.

Der Mitarbeiterin an der Rezeption gab er ein Zeichen, den Notarzt anzufordern.

Der EKG-Streifen wurde geschrieben und er erkannte einen frischen *Herzhinterwand-Infarkt.*

„Herr Hacker, Ihr Herz ist ein bisschen aus dem Rhythmus, wir müssen Sie nun im Krankenhaus untersuchen lassen", sprach er mit unaufgeregter Stimme, während er noch langsam ein Beruhigungs-mittel in den Infusionsschlauch spritzte.

„Es kann sein, dass Sie jetzt ein bisschen müde werden, - keine Sorge, das ist normal."

Dem Notarzt, der den Patienten abholte, übergab er den

Patienten, mit dem EKG-Streifen auf dem Bauch, in seiner üblichen ruhigen Art.

Noch vor dem Wochenende hörte er, dass Herrn Hacker zwei so genannte *Stents*, feine Erweiterungsröhrchen, in die Herzkranzgefäße eingesetzt worden waren.
Der Patient war seit seiner Jugend ein starker Raucher.

Eine siebzigjährige Patientin ließ einen Hausbesuch bestellen, da sie Schmerzen in einem Bein hatte und schlecht gehen konnte.
Er konnte diesen Besuch gleich nach der Sprechstunde zusagen.
„Herr Doktor, schauen Sie sich mal mein Bein an, ich habe schon eine Schmerztablette genommen, das hat heute früh plötzlich angefangen", sagte sie.
„Sie haben Bluthochdruck und Diabetes, richtig?",
erwiderte er, nachdem er ihre Tabletten gesehen hatte.

Er schaute sich die Beine an und fühlte deren

Temperatur mit seinem Handrücken.

Da er einen Temperaturunterschied zu fühlen glaubte,

tastete er auch die Pulse in den Leisten, in den

Kniekehlen und an den Füßen.

„Frau Schmaus, setzen Sie sich bitte mal an den

Bettrand und lassen sie ihre Beine herunterhängen."

Er sah nun einen erheblichen Farbunterschied, das

rechte war blasser.

„Frau Schmaus, Sie haben im rechten Bein eine starke

Durchblutungsstörung, - das müssen wir reparieren

lassen! Ich lasse Sie sofort ins große Klinikum fahren, da

haben Sie die richtigen Spezialisten für eine solche

Sache!", erklärte er.

Dieser akute arterielle Gefäßverschluss musste möglichst

schnell behandelt werden.

Ein, zwei schwerere Erkrankungen kamen in der Hausarztpraxis jede Woche vor.

In der Praxis von Dr. Mayer hatte er letztes Jahr einen außergewöhnlichen Fall.

Ein 75-jähriger Mann hatte seine Frau in der Praxis zur Behandlung abgeliefert.

Er wartete in seinem Auto, bis seine Frau fertig war.

Plötzlich bekam er starke Rückenschmerzen im Bereich der oberen Lendenwirbelsäule.

Dies veranlasste ihn, sofort in die Praxis zu gehen.

Alexander dachte zuerst, das könne wieder der bei diesem Mann bekannte Bandscheibenschmerz sein.

Allerdings gab ihm der plötzliche Beginn im Sitzen doch zu denken, nachdem der Mann zunehmend stärkere Schmerzen bekam. Er untersuchte auch dessen Bauch und der Patient verspürte im linken Mittelbauch einen dumpfen Schmerz.

Alexander fühlte auch ein starkes Pulsieren.

Er ließ den Patienten sofort vom Notarzt abholen und im

Krankenhaus wurde per Ultraschall ein rupturiertes

Bauchaortenaneurysma, eine krankhafte, große

Ausbeulung der Hauptschlagader, auf Nierenhöhe

festgestellt.

Der Patient wurde sofort operiert, überlebte aber leider

den komplizierten Eingriff nicht.

Dessen eigentlich bisher kränkere Frau hatte ihn

überlebt.

Gott sei Dank sei der Patient nicht gleich bei ihnen in der

Praxis gestorben, war das Praxisteam erleichtert.

Eine sehr hübsche, 22-jährige Blondine erschien bei ihm

in der Sprechstunde.

„Herr Doktor, könnten Sie bei mir einen *Aids*-Test

machen?", fragte sie.

Alexander erwiderte: „Haben Sie einen konkreten

Verdacht, warum Sie einen *HIV-Test* machen lassen

wollen?"

„Ja, ich glaube, ich habe eine große Dummheit

begangen. -

Mich hat in einem Café vor einigen Tagen ein Mann

angesprochen und mir seine Visitenkarte gegeben.

Ich sähe sehr gut aus und könnte bei ihm viel Geld

verdienen.

Ich rief ihn über sein Handy an und er erzählte mir am

Telefon, dass ich bei ihm Probeaufnahmen für die

verschiedensten Branchen machen könnte. Ich besuchte

ihn in seinem Büro und er sagte, dass er gleich das so

genannte *Casting* für die Filmproduzenten machen

könnte. Ich hätte wegen meines Aussehens sehr gute

Chancen."

„Die Bezahlung in der Erwachsenen-Industrie wäre

natürlich am allerhöchsten. Das Casting für die

Geldgeber wäre natürlich absolut freiwillig und er zeigte

mir einige Photos seiner bisherigen Modelle. Er war sehr

sympathisch und gut aussehend und wegen der sehr

hohen Gagen, die zu erwarten waren, ließ ich

mich von ihm auch gleich für die Probeaufnahmen

verführen."

„Ich liebe Sex, aber ich vermute inzwischen, dass ich

reingelegt wurde. Auch habe ich erfahren, dass es

Männer gibt, die sich mit jungen Frauen zum

kostenlosen Sex treffen wollen und das Casting nur

vorspielen. Wahrscheinlich finde ich mich jetzt

noch dazu auf einer Internet-Pornoseite wieder.

Scheisse - und nun habe ich natürlich Angst, dass ich

mich angesteckt habe."

„Hatten Sie den Geschlechtsverkehr ohne Kondom?",

fragte Alexander.

„Ja natürlich, ich dumme Kuh", antwortete sie.

Alexander fuhr fort: „Kommen Sie bitte nächste Woche nochmals vorbei, wenn Ihr Hausarzt wieder da ist, denn für den HIV-Test soll man eine gewisse Zeit verstreichen lassen, um eine sichere Aussage machen zu können. Eventuell muss man den Test mehrmals wiederholen. Ihr Hausarzt wird Sie da sicher richtig beraten."

In diesem Spätwinter gab es am vorletzten Arbeitstag in der Praxis Dr. Mayer neben den üblichen Tätigkeiten noch eine kleine Aufregung.

Gegen 17 Uhr 30 wollte Arzthelferin Cornelia beim Kassieren der Praxisgebühr Wechselgeld aus der Geldkassette holen, die aber plötzlich nicht mehr da war. Diese war auf ein Schubbrett in der Rezeption nur mit einem doppelseitigen Klebeband befestigt.

Cornelia musste kurz in der Ambulanz etwas holen.

Ein junger, fremder Mann, der vor der Anmeldung gestanden hatte, war plötzlich verschwunden.

Erst Minuten später wurde dann der Verlust der Kassette bemerkt.

Der Inhalt waren 180 Euro Praxisgebühr und 100 Euro Wechselgeld.

Das Einkassieren der so genannten Praxisgebühr, eigentlich Krankenkassen-Strafgebühr, welche die Helferinnen für die Krankenkassen einsammeln mussten, sollte in Deutschland die Anzahl der Arztbesuche reduzieren helfen.

Diese Schnapsidee von praxisfernen Politikern und Bürokraten brachte in den Arztpraxen nur Ärger und bürokratischen Mehraufwand und zusätzliche Kosten für die Praxis, da die gesammelte Summe vom Honorar des Arztes abgezogen wurde.

Es hieß, dass sogar Patienten gestorben oder zumindest

sich in Lebensgefahr gebracht hätten, da sie den

Arztbesuch wegen 10 Euro verzögert hatten.

Hier bewahrheitete sich wieder der Spruch vom

gewünschten „vorzeitigen, sozialverträglichen

Frühableben", den ein Ärztefunktionär vor Jahren

gemutmaßt hatte, und deswegen von der scheinheiligen

Gegenseite angegriffen wurde.

Am Freitag Abend bereiteten die Angestellten ihrem

„Vertretungsarzt Dr. Alexander" einen herzlichen

Abschied und gaben ihm auch für seine Freundin Lisa

eine große Schachtel Pralinen mit, wie es ihnen ihr Chef

aufgetragen hatte.

Die Medikamente und Infusionen in seinen Arztkoffern

überprüfte eine der Damen vorher noch auf genügend

lange Haltbarkeit und Vollständigkeit.

Sie wussten, dass der große sympathische Mann im August wieder als Praxisvertreter kommen sollte und sie freuten sich jetzt schon wieder auf ihn.

Nachdem er sein Fahrrad eingeladen hatte, machte er sich auf den Heimweg nach Thüringen. Er wollte zügig zu seiner Lisa kommen, die vielleicht schon wieder auf dem Wohnzimmersofa eingeschlafen war.

Auf einer großen Kreuzung, kurz vor der Autobahn sah er schon von weitem das Blaulicht. „Was ist denn da vorne passiert ?", dachte er.

Er näherte sich der Kreuzung, es hatte sich schon ein kleiner Stau von vielleicht zwanzig Fahrzeugen gebildet. Er nahm sein Arztschild aus der Seitentasche der Fahrertüre und klebte es mit dem Vakuumstöpsel links oben an die Windschutzscheibe.

Nun schaltete er die Warnblinkanlage an und fuhr

langsam auf der linken Seite nach vorne.

Zwei Autos waren auf der Kreuzung ineinander gekracht.

Es war ein Rettungssanitäter, der sich in seinem
Fahrzeug mit einem Patienten beschäftigte, der schon
auf der Trage lag.

Der andere Retter war an einem zerstörten Auto tätig.

Alexander parkte seinen Wagen halb auf dem
Grünstreifen und stieg aus.

Er lief zum Rettungswagen und rief: „Ich bin Arzt, kann
ich euch helfen?"

„Ja super!", war die Antwort: „Unser Notarzt braucht
heute ein bisschen länger! Wir haben drei Schwer-
verletzte und zwei leichter Verletzte!"

Alexander lief schnell zu den kaputten Fahrzeugen, um
sich einen Überblick zu verschaffen.

Der Schwerstverletzte, hinter dem Steuer eines älteren
Autos ohne Airbag, saß noch hinter dem Steuer und war

mit dem Unterleib eingeklemmt.

Sein Gesicht war blutüberströmt und er röchelte.

Alexander holte aus seinem Notfallkoffer schnell einen

Larynxtubus und führte diesen dem Eingeklemmten tief

in den Rachen und blockte ihn, um die Atemwege frei zu

halten.

Einen anderen Mann hatten die Sanitäter schon neben

einem Auto in stabile Seitenlage gebracht.

Die zwei leichter Verletzten saßen am Straßenrand und

waren offensichtlich seelisch im Schock.

Alexander versuchte, den Sitz des eingeklemmten

Fahrers nach hinten zu schieben, was ihm nicht gelang.

Der Sanitäter sagte, dass sie es schon versucht hätten,

der Sitz sei total verbogen und die Feuerwehr käme

sicher bald.

Alexander ging schnell wieder zum Rettungswagen, um

dem anderen Sanitäter beim Legen der Infusion zu

helfen. Der Verletzte war bei Bewusstsein und hatte starke Schmerzen im Brustkorbbereich. Alexander nahm schnell die übliche grobe Untersuchung bei dem Verletzten vor und ging dann wieder hinaus zu dem anderen am Boden Liegenden.

Die Unfallstelle war in das häufig wechselnde Licht der Ampelanlage getaucht.

„Wir tragen ihn schnell näher an den Rettungswagen, dann können wir bei besserem Licht die Infusion legen und ich kann ihn dann genauer beurteilen."

Im Licht der rechten seitlichen Rettungswagenöffnung konnten sie schnell den Venenzugang erreichen und eine Infusion dranhängen. Er untersuchte den Bewusstlosen.

Sie hörten nun auch die klangverschiedenen Sondersignale von Feuerwehr, Notarztwagen und weiteren Rettungswagen.

Zwei Polizeifahrzeuge waren inzwischen angekommen

und die Beamten regelten den Umleitungsverkehr.

Die ankommende Notärztin übernahm gleich den am
Boden liegenden Verletzten in den nächsten
Rettungswagen und Alexander kümmerte sich
zusammen mit der Freiwilligen Feuerwehr um den
Eingeklemmten, den sie dann mit Hilfe ihrer
hydraulischen Rettungsschere zügig befreien konnten.
Nun konnten sie ihn besser beatmen und eine Infusion
anlegen.

Den Sicherheitsgurt hatte der Sanitäter mit einem
Messer durchtrennt.

Beim Bergen des Fahrers stellte Alexander bei diesem
erheblichen Alkoholgeruch fest.

Jetzt konnte er im Rettungswagen den bewusstlosen
Patienten genauer untersuchen.

An der Stirn hatte er eine große Beule, aus beiden Ohren
lief Blut. Der Thorax war instabil.

Alexander horchte das Herz und dann die Lunge ab.
Auf einer Seite war das Geräusch geringer. Er musste
das beobachten, nicht dass sich ein *Spannungs-*
pneumothorax entwickeln würde.

Sie beatmeten ihn nun mit dem elektrischen Gerät.
Der Patient wehrte sich nicht in seinem Koma.
Der Bauch war noch unauffällig. Die Arme hatte
Alexander schon beim Legen der Kunststoffkanüle
überprüft.
Das linke Schlüsselbein war gebrochen.
Das rechte Bein war am Oberschenkel gebrochen, die
Knie waren zerschunden.
Der Puls war schnell, der Blutdruck niedrig.
Sie ließen an beiden Armen mit hoher Geschwindigkeit
die Infusionen laufen.
Sie waren über eine halbe Stunde am Unfallort tätig und

er besprach sich mit der Notärztin, welche Krankenhäuser sie anfahren sollten.

Die leichter Verletzten hatte man inzwischen auch eingeladen.

Die Notärztin bot sich an, den Schwerstverletzten selbst zu begleiten. Ein anderer Notarzt, der noch gekommen war, übernahm den nächsten Patienten und Alexander begleitete noch den dritten bis zur Notaufnahme ins Kreiskrankenhaus.

Er ließ sich dann gleich mit einem Taxi, das gerade am Krankenhaus stand, zu seinem Auto an der Unfallstelle zurückfahren. Er hatte insgesamt über eineinhalb Stunden verloren, was einem Helfer ja immer passieren konnte.

Er rief Lisa über die Freisprechanlage seines BMW an, um ihr mitzuteilen, dass er sich wegen eines Staus verspätet hatte.

Nun fuhr er mit etwas langsamerer Geschwindigkeit als sonst auf der Autobahn.

Er war wohl von den Geschehnissen doch ein wenig beeindruckt.

Es stand ihm nun eine freie Woche bevor, da er den nächsten Einsatz in einer anderen Praxis erst am übernächsten Montag beginnen musste.

Er war froh, dass er seine Lisa eine Woche lang genießen konnte, da sie auch Urlaub genommen hatte.

In dieser Woche hatte er auf seinem Handy zwei Anfragen für eine Vertretung in Hausarztpraxen, die er ablehnen musste, da er in der kommenden Sommerzeit schon ausgebucht war.

Ein Angebot lehnte er ab, weil die Praxis von der Patientenanzahl her ihm einfach zu groß war.

Den gleichen Fehler wie damals beim Landarzt, wollte er

nicht mehr machen.

So genoss er die Woche mit seiner Lebensgefährtin in ihrer eleganten Wohnung und sie machten bei schönem Märzwetter einige Ausflüge mit dem Fahrrad und erforschten ihre neue Heimat.

In der 4. Kalenderwoche des Monat März hatte er noch einen Vertretungstermin in einer Praxis in einer netten nordwürttembergischen Kleinstadt.

Die idyllische Gegend hatte ihn schon länger interessiert. Auch waren die finanziellen Bedingungen für die Hausärzte, wie er hörte, besser, da die AOK mit den Hausärzten einen gut dotierten besonderen Vertrag abgeschlossen hatte.

Warum dies in Bayern nicht ging, konnte er nicht verstehen.

Er dachte immer AOK sei AOK. Hier wurde also für den Erhalt der Hausarztpraxen mehr getan. Das konnte für ihn später vielleicht einmal interessant sein.

Der Besitzer der Praxis bat ihn, ihm vorab neben seiner

Zeugnisse auch seine Arzthaftpflicht -

Versicherungsurkunde zu faxen. Er wollte sich schon

überzeugen, dass sein Vertreter auch richtig versichert

war.

Alexander hatte sich für 350 Euro pro Jahr als

Honorararzt versichert.

In der Praxis hatte er in dieser Woche zwei besondere

Fälle.

Gleich am Montag sollte er um 9 Uhr im örtlichen

Altenheim eine Leichenschau bei einer über 90-jährigen

Patientin durchführen, die in der Nacht verstorben war.

Er hatte kein Problem damit, da es im Krankenhaus

öfters Tote gegeben hatte und er die sicheren

Todeszeichen kannte.

Auch hatte er keine Hemmungen bei der Versorgung der Leichen, was auch zur Arbeit der Krankenschwestern und Pfleger gehörte, die er als Zivildienstleistender begleitete. Vor den Toten brauchte man keine Angst mehr zu haben.

Vor der exakten Untersuchung sämtlicher Körper-öffnungen einer alten Frau, wie es die gesetzlichen Vorschriften in der amtlichen Todesbescheinigung vorsahen, hatte er aber seine Hemmungen.

Das musste wirklich nicht sein.

Er wusste, dass es vielen Ärzten ähnlich erging.

Ihn störte aber, wenn manche Notärzte sehr alte Menschen bei einem Herzstillstand, zum Beispiel im Altenheim, noch versuchten, zu reanimieren.

Das war für ihn gegen die Menschenwürde, auch wenn diese alten Menschen keine Patientenverfügung hatten, in der sie dies ablehnten.

Aber wahrscheinlich waren die Juristen schuld, gegen die man sich absichern musste.

Die Praxis war kleiner als die von Dr. Mayer in Bayern, erzielte aber mehr Umsatz.

Er bekam dies bei einem Gespräch der Helferinnen mit, da sie über die Scheinzahl, d.h. die Patientenzahl, die im ersten Vierteljahr zu versorgen war, und den Durchschnittswert in Euro diskutierten, denn die Kassenabrechnung am Ende des Quartals stand an.

Die Mitarbeiterinnen wurden auch am Gewinn des Praxisinhabers beteiligt.

Auch weil sie darum bemüht waren, den Patienten der gesetzlichen Kassen besondere individuelle Gesundheits-Leistungen anzubieten, die diese selbst bezahlen mussten.

Die Privatpatienten wurden in dieser Praxis monatlich

abgerechnet, da hatten sich zwei Damen darauf

spezialisiert. Es war schon interessant, wie unter-

schiedlich es in den Praxen betriebswirtschaftlich zuging.

Der Praxisinhaber hatte sich zusätzlich auf Akupunktur

spezialisiert und konnte diese extra abrechnen, auch

wenn sie oft nicht wirkte und die Beschwerden bald

wieder kamen.

Diese Leistung auf Kassenkosten hatten anscheinend

einige Lobbyisten durchgedrückt.

So bekam Alexander mit der Zeit auch Kenntnisse über

die finanziellen Dinge in einer Arztpraxis.

Der zweite besondere Fall passierte an diesem

Donnerstag Nachmittag Ende März.

Ein 61-jähriger Mann wollte die Dachrinne seines

Einfamilienhauses reinigen, da Herbstlaub diese

verstopft hatte und die Dachrinne bei Regen nach dem

Winter überlief.

In der Praxis wurde von der Ehefrau angerufen, dass dem Mann die Leiter auf dem Steinboden der Terrasse weggerutscht war und er herabgefallen war.

Alexander nahm eine Helferin mit Ortskenntnissen mit, um das Haus nicht lange suchen zu müssen.

„Ich glaube, ich habe ein Bein gebrochen", sagte der Mann. Er lag auf dem Rücken.

„Dann sehen wir uns das mal an", sagte Alexander.

Er tastete die Beine ab und konnte keinen Schmerz auslösen.

„Heben Sie mal das rechte Bein, - und jetzt das linke!"

Der Mann konnte beide Beine nicht bewegen.

„Sie haben eine Verletzung an der Wirbelsäule, wir müssen Sie in eine Spezialklinik bringen!", sagte er.

Die Helferin rief im Haus die Rettungsleitstelle an.

Ein Hubschrauber mit Notarzt holte den Verunglückten ab.

Die Diagnose war niederschmetternd:

Querschnittslähmung.

Den nächsten Dienst versah Alexander in den

Osterferien. Er hatte allerdings die Osterfeiertage frei

und kassierte 4000 Euro für die zwei Wochen.

Das Arztehepaar einer großen Gemeinschafspraxis mit

vielen Privatpatienten wollte die Ferien mit ihren kleinen

Kindern verbringen und sie flogen in den Süden.

Der nächste Dienst begann Mitte Mai, denn es gab auch

kinderlose Ärzte, welche die Pfingstferien mieden und

14 Tage vorher Urlaub machten.

Dann kamen wieder die jüngeren Ärzte, die in den

Pfingstferien mit ihren Kindern verreisen wollten.

In den Sommerferien in Bayern und Württemberg war es

wieder so ähnlich.

In den Pfingstferien in einer Stadt in Bayern hatte er einen seltenen Fall.

Eine junge Frau hatte eine Banane gegessen und bekam innerhalb von wenigen Minuten eine heftig juckende Nesselsucht, wie wenn sie in Brennesseln gefallen wäre.

Ihr Mann fuhr sie gleich zu Alexander in die Praxis und bereits auf der Fahrt bekam sie erhebliche Atemnot.

In der Praxis verabreichten sie sofort die, bei einer schweren allergischen Reaktion, einem *anaphylaktischen Schock,* notwendigen Medikamente wie *Antihistaminikum, Adrenalin* und hoch dosiert *Kortison.*

Auch eine Sauerstoff-Maske wurde der Frau über das Gesicht gestülpt.

Alexander hatte eine solch schwere Allergie auf Banane noch nie erlebt.

Eher schon auf Erdbeeren oder Haselnüsse, auch auf Bienen- und Wespenstiche.

Die Patientin wurde zur Überwachung ins Krankenhaus transportiert.

Einen Patienten hatte er einmal mit sieben Wespenstichen und bekannter Allergie, der aus Versehen beim Aufräumen im Garten an ein Wespennest gekommen war.

Dieser konnte dann auch mit den entsprechenden Medikamenten erfolgreich behandelt werden und führte später in der Saison immer ein Notfall-Set mit sich.

Später wollte er sich einer *Hyposensibilisierung* unterziehen, einer Art Impfung für Allergiker.

Auch hatte Alexander einmal einen Patienten mit drei Hornissenstichen mitbehandelt, allerdings damals als Sanitäter im Rettungsdienst und er kannte die Gegenmaßnahmen.

Dieser hatte aber nur Kreislaufprobleme und keine Allergie.

Mit einem *anaphylaktischen Schock* musste man in einer Arztpraxis immer rechnen, da es diesen auch auf Medikamente, wie z. B. Penicillin, Schmerz- und Rheumamittel geben konnte.

Und die Gegenmittel mussten immer vorrätig sein.

Es konnte im schlimmsten Fall zu schwerer Atemnot und sogar zu einem Herz - Kreislaufstillstand kommen, dem das Praxisteam dann nicht hilflos begegnen sollte.

Die Osterferien ausgenommen hatte Alexander den Monat April frei, da die Ärzte wegen des zweiten Quartalbeginns persönlich in ihren Praxen arbeiten wollten.

Er machte ein paar Werbebesuche für seine Sportler-Creme in der Region seines Wohnortes in Thüringen und ließ Proben davon von Schülern in der Fußgängerzone verteilen.

Er telefonierte auch mit seinen bisherigen Kunden, um in persönlichem Kontakt zu bleiben.

Nun stieg er auch wieder intensiv ins Tennistraining ein, um Anfang Mai für die Punktspiele fit zu sein. Mit seinen Mannschaftskameraden spielte er mindestens drei mal pro Woche. Die beidhändige Rückhand, seine große Stärke, kam wieder hervorragend, ebenso sein Kickaufschlag, den er als 2. Aufschlag verwendete, gelang wie zu alten Zeiten.

Als Nummer 2 seiner Mannschaft hatte er im vergangenen Jahr kein Einzelspiel verloren.

An Nummer 1 spielte ein Tscheche, der auch im Club das Mannschaftstraining leitete und viele Übungsstunden abhielt. Mit diesem war Alexander gleichwertig.

Am Abend widmete er sich ausgiebig seiner Lisa und bereitete ihr oft ein stimmungsvolles Abendessen zu. Sie genossen ihre Partnerschaft sehr.

Im Juni arbeitete er den ganzen Monat hintereinander in zwei verschiedenen Hausarztpraxen im fränkischen Bayern. Diese lagen über 130 km auseinander und wussten nicht voneinander.

Er hatte sich nie geäußert, wo und in welchen Praxen er sich aufgehalten hatte und wo er noch überall hingehen wollte.

Er hatte inzwischen genügend Stammpraxen, die ihn immer wieder persönlich auf seinem Handy anriefen oder eine SMS schickten.

Das war die sicherste Methode und er benötigte nicht mehr die Dienste einer Vermittlungsagentur.

Eine Hausarztpraxis in einer Stadt bei Nürnberg war Anfang Juni die nächste Anlaufstelle.

Die Besitzer waren ein Ehepaar, knapp über 40 Jahre alt. Die Großmutter, die das Haus hütete, in der sich im

Parterre die Praxis befand, begrüßte ihn herzlich.

Er konnte den großen BMW X5 nutzen, da die

Hausbesitzer mit ihren Kindern in den 14-tägigen Urlaub

geflogen waren.

Der Wagen war voll getankt.

Sie hatten für ihn in der Nähe eine sehr nette ruhige

Pension zum Wohnen ausgesucht.

Die Übernachtungskosten mit Frühstücksbuffet

übernahmen die Ärzte.

Er brauchte keinen Schlüssel für die Praxis, da immer

jemand anwesend war.

Die Woche fing ruhig an, da anscheinend viele Patienten

mit ihren Familien in den Pfingstferien in Urlaub

gefahren waren.

Auch vom Praxispersonal fehlten zwei Damen. Sie

erzählten, dass der nächste Praxisurlaub wegen der

Kinder die letzten drei Wochen der Sommerferien sein

würden. Da würde die Praxisvertretung für die Patienten ein benachbarter Arzt erledigen, der jetzt gerade auch im Urlaub sei.

Mit diesem Kollegen vertraten sie sich ansonsten gegenseitig im Urlaub.

Es war eine elegante Praxis mit einer Einrichtung der beiden Sprechzimmer im *Art Deco* Stil. Der Schreibtisch des Chefs war papierlos nur mit Bildschirm, Tastatur und Telefon belegt.

Alle nötigen Schreibutensilien befanden sich in zwei flachen Schubladen unter der Schreibtischplatte. Ein niedriger Mahagoni-Container, auf dem der Drucker stand, enthielt in akribischer Ordnung sämtliche relevanten Vordrucke, die man in der Hausarztpraxis benötigte.

Alle Funktionsräume waren perfekt eingerichtet und von äußerster Sauberkeit.

Alles hatte seinen Platz. Man hatte den Eindruck von höchster Disziplin.

In einer Schublade ihres Schreibtisches hatte die Ärztin anscheinend die Rahmen mit ihren Familienphotos vor der Abreise verstaut.

Eine hübsche Frau, mit brünettem Haar und guter Figur, die ihn an das Mädchen erinnerte, mit dem er als 17-Jähriger das erste Mal die Liebe kennenlernte.

In den Sommerferien nach seiner letzten Gymnasialklasse arbeitete Alexander zwei Wochen als Hilfsarbeiter bei einer Estrich-Fachfirma, um sich für den Urlaub Geld zu verdienen.

Sein alter Freund Hans, ein 20-jähriger Maschinenbau-Student schlug vor, per Anhalter an Hollands Nordseeküste zu fahren, um dort zwei bis drei Wochen am Strand zu verbringen. Die Eltern hatten nichts

dagegen, dass er mit dem älteren zuverlässigen
Freund wegfuhr.

Ohne Reservierung fuhren Sie per Anhalter drauflos und
landeten im Seebad Scheveningen, wenige Kilometer
hinter der Stadt Den Haag.
Sie kannten die Nordsee noch nicht und waren von der
langen Strandpromenade stark beeindruckt. Es war ein
Paradies für junge Leute; das Klima war angenehm Mitte
August und sie hatten Glück mit dem Wetter.
Eine Unterkunft war nicht einfach zu finden, sie hatten
sicherheitshalber einen Schlafsack auf ihren Rucksack
geschnallt. Aber sie hatten Glück, dass in einer
einfachen Pension, in der sich nur junge Leute
aufhielten, gerade in einem Vierbettzimmer zwei Betten
frei wurden.

Er sah Katharina zum ersten Mal im Frühstücksraum.

Sie saß in einem Sessel und las ein Buch. Die

Anwesenheit eines so hübschen Mädchens im gleichen

Raum ließ ihm schon das Herz ein wenig höher schlagen.

Da sich noch einige andere Jugendliche im Zimmer

befanden, kam man ein bisschen ins Gespräch,

allerdings eher eine unbeholfene Anmache an Katharina

von mehreren jungen Männern mit der plumpen Frage:

„Ja, was lesen wir denn da?"

In der Gemeinschaft fühlte man sich hemmungsloser.

Alexander selbst war zu dieser Zeit noch recht

schüchtern, er wusste auch, dass sie älter und reifer war

als er.

Und er war hier einer der jüngeren.

An der Nordsee reihte sich ein Strandkorb an den

anderen, soweit das Auge reichte.

Und die jungen Männer waren natürlich nur daran

interessiert, Mädchen anzumachen um eines am Abend ins Bett oder in den Strandkorb zu bekommen.

Alexander und Hans blieben immer zusammen und hatten schon mit anderen eine kleine Strandclique gebildet, als sie eines Tages zufällig an Katharina vorbeikamen, die im Bikini auf einer Bastrolle im Sand lag, sich bräunte und ein Taschenbuch las.

Hans sprach sie an und sie erkannte die beiden aus der Pension.

Sie kamen ein bisschen ins Gespräch und ließen sich neben ihr im Sand nieder.

Nach ein paar Minuten wollte Hans weiter gehen, da er in der Clique bereits ein Auge auf ein Mädchen geworfen hatte, zu dem es ihn nun hinzog.

„Ich bleibe noch ein bisschen bei Katharina sitzen, wenn es dir recht ist", sagte Alexander.

Sie gefiel ihm schon sehr gut.

Sie erzählte ihm von ihrem Beruf als Schmuckdesignerin in einer Goldschmiede in einer Stadt im Rheinland und er lächelte über ihren Tonfall, den er bisher nur aus dem Fernsehen kannte.

Sie war 20 Jahre alt und hatte die Mittlere Reife.

„Ich bin 19 Jahre alt und mache nächstes Jahr Abitur", log er.

Das Alter konnte man ihm glauben, denn er war groß und körperlich durchtrainiert und er hatte bereits einen guten Bartwuchs. Bei Kontrollen am Eingang einer Diskothek wurde er seit seinem 16.Geburtstag immer durch gewunken.

Er war ein guter Zuhörer, er sprach mehr mit den Augen und Katharina erzählte gerne aus ihrem Leben. Er erfuhr von ihrem Elternhaus, von ihrem Arbeitsplatz und ihrem Freund, einem Profifußballer eines bekannten

Bundesligavereins ihres Heimatortes, der mit der Mannschaft gerade im Trainingslager war.

Sie war deshalb für zwei Wochen alleine verreist.

„Alexander, du kannst mir bitte mal den Rücken eincremen, - wenn du willst", sagte Katharina.

Er ließ sich nicht zweimal bitten, hatte er doch so schnell körperlichen Kontakt mit diesem wunderschönen Mädchen.

Er genoss die Berührung mit seinen Händen auf dieser zarten Haut des Rückens und der Beine. Er hatte den Eindruck sie genieße seine Massage, die er ein wenig hinauszögerte.

„Du hast zärtliche Hände, Alexander", sagte sie, und er sah ein leichtes Lächeln über ihr Gesicht huschen.

Er wollte die wenigen Tage, die sie noch da war, nur mit ihr genießen.

Am Abend hatte sie schon etwas anderes vor, aber am

nächsten Tag wartete sie schon am Strand auf ihn. Sie

lagen nebeneinander im Sand und genossen einfach nur

Meer und Sonne. Und er war glücklich in ihrer Nähe.

Er begann sie in den Kniekehlen zu streicheln und zeigte

ihr seine Zärtlichkeit, die er für sie empfand.

Dann kamen sie sich bereits mit den Köpfen näher und

er durfte sie küssen.

Es waren nur noch drei Tage bis zu ihrer Heimreise.

Beim Abendspaziergang, bei dem sie sich häufig

leidenschaftlich küssten und er sich heftig an sie

presste, gab er ihr zu verstehen, dass er gerne mit ihr

schlafen würde.

Er hatte noch nie eine Frau gehabt, diese wäre ein

Traum gewesen.

Sie küsste auch so schön, wie er es noch nie erlebt hatte.

An diesem Abend war ihr Zimmer aber bereits

besetzt, denn ihre Mitbewohnerin Nicole, ein blondes

Mädchen aus Dortmund hatte Besuch.

„Morgen Abend habe ich sturmfreie Bude, Nicole ist auf einer Party", sagte Katharina lächelnd.

Nach dem obligatorischen Abendbummel durch die Stadt schlenderten sie zu ihrer Pension. Katharina wollte sich frisch machen und jeder ging noch in einen Waschraum, der nach Geschlechtern getrennt war.

Es war ein Zimmer, in dem die beiden Einzelbetten an den schräg gegenüber liegenden Wänden standen, dazwischen war ein einfacher Tisch mit zwei Stühlen. Ein breiter Holzschrank stand den Gästen zur Verfügung. Ein langer Spiegel befand sich in einer Ecke.

Katharina hatte die dunklen Vorhänge zugezogen, sehr schwach klang Musik aus einem nahen Lokal. Alexander war erstaunlich ruhig, er war sich inzwischen sicher, dass Katharina sein wahres Alter wusste. Entweder hatte

sich einmal sein Freund beim Frühstück verplappert

oder er hatte sich selbst verraten.

Letztendlich war es egal.

Bekleidet mit leichten Sommer-Jeans und einem

Polohemd von Lacoste öffnete er langsam die Türe zu

dem schwach von außen beleuchteten Raum.

Katharina lag in dem Bett, welches im Schatten der Türe

stand. Sie war in Seitenlage zu ihm hin gerichtet und er

sah, dass sie lächelte.

Behutsam setzte er sich an den Bettrand. Sie schlug die

leichte Steppdecke zurück und sagte ganz ruhig:

„Komm rein, mein Süßer.“

Sie trug ein leichtes, mit Spitzen besetztes *Neglige´*, wie

er es nur aus alten Filmen kannte.

Alexander streifte seine Sandalen ab und legte

sich neben sie.

Er umfasste Katharina, seine leichte Nervosität wich

einer Vertrautheit, die sie ihm zu geben verstand.

Sie schmiegten sich aneinander und küssten sich.

Er fuhr dann sanft mit der rechten Hand über ihre Knie

und die samtenen Oberschenkel. Instinktiv kannte er die

schönen Stellen und fuhr weiter nach oben, bis er ihre

Scham ertastete und sie zu streicheln begann.

Das Höschen hatte sie sich schon vor dem Niederliegen

ausgezogen.

Es dauerte nicht lange, da schob sie sein Hemd nach

oben und streichelte seinen Bauch unterhalb des Nabels,

dann zog sie den Reißverschluss seiner Jeans nach

unten und öffnete geschickt den Haken seines

Hosenbundes.

Seine Männlichkeit ragte ihrer Hand entgegen und sie

fühlte, dass er sofort für sie bereit war.

„Darfst reinkommen", flüsterte sie, und animierte ihn,

sein Hose nach unten zu schieben. Er zog sein Hemd aus und schob die Jeans bis unter die Kniekehlen.

Katharina hatte sich auf den Rücken gedreht, das Hemdchen nur bis unter die Brüste geschoben. Er spürte wie sie die Beine spreizte und ihre Knie anwinkelte. Nun bekam er doch etwas Herzklopfen.

Er kam über sie und wie gelernt wollte er in das dunkle Geheimnis eintauchen.

Ob sie ihn führte, daran konnte er sich nicht mehr erinnern, so schwanden ihm die Sinne. Es dauerte keine Sekunde als er bereits im Introitus ejakulierte und sich schnell vor Scham zurückzog.

„Entschuldigung", stammelte er verlegen und legte sich hinter Katharina an die Wandseite des Bettes. Jetzt musste es ihr klar sein, dass es sein „erstes Mal" gewesen war.

„Nicht so schlimm, mach dein Höschen nicht schmutzig",
sagte sie mit leiser Stimme.

Sie schwiegen und lagen in der Löffelchen-Stellung. Er
hatte sich seiner Jeans ganz entledigt und seinen Slip
hochgezogen.

Nach einer Weile hörten sie auf dem Hausgang ein
Geräusch und die Zimmertüre öffnete sich vorsichtig.

Nicole war früher als erwartet nach Hause gekommen.

Sie stellten sich beide schlafend und Nicole huschte,
ohne Licht zu machen, in ihr Bett.

Alexander konnte noch nicht schlafen, es war kaum
nach Mitternacht.

Er schmiegte sich fest an Katharina und er bemerkte,
dass sie auch noch wach war.

Sie hatte ihn nicht gebeten, in sein Zimmer zu gehen,
was ihn glücklich machte.

Seine neuerliche Bereitschaft kam schneller als er selbst erwartet hatte.

Er ließ es seiner Liebsten dieser Nacht spüren und presste seine Härte gegen ihren wohlgeformten Po.

Gleichzeitig suchte er mit seinen Lippen ihren Hals und liebkoste diesen mit aller Zärtlichkeit.

Katharina entfuhr ein sanftes Stöhnen und er merkte, dass sie mehr wollte, da sie mit der linken Hand seinen Oberschenkel suchte.

In seiner Unerfahrenheit überlegte er, ob er in dieser Lage zu ihr kommen sollte.

Plötzlich setzte sich Katharina auf, zog sich das Hemd über den Kopf, drehte sich zu Alexander und zog ihm den Slip vom Körper.

Geschmeidig glitt sie mit gespreizten Schenkeln über seinen Schoß und führte ihn sanft aber bestimmt bei sich ein.

Alexander hielt den Atem an. Ein Wahnsinnsgefühl in dieser feuchten, warmen, fleischigen Kammer einer wunderschönen, reifen Frau zu sein.

Auch sie genoss es offensichtlich, da er gut ausgestattet war. Katharina saß aufrecht wie auf einem Pferdesattel beim Schritt-Tempo.

Alexander ließ die Augen geschlossen, er wollte sich konzentrieren, um nicht wieder so schnell zu kommen. Nach einer Weile des stillen Genusses fing sie an, sich langsam zu bewegen.

Alexander öffnete leicht die Augenlider, um diese traumhafte Silhouette einer sexuell aktiven Frau zu genießen.

Dann schloss er wieder die Augen, um den anderen Genuss, das Umschließen seiner Männlichkeit zu spüren. Es war unglaublich, er konnte es kaum fassen.

Katharina bewegte sich mit einer wunderbaren

Intensität. Sie hatte nun ihr Becken irgendwie gekippt und Alexander spürte, dass sie ihn wohl so noch besser kontrollieren konnte.

Er legte nur sanft seine Hände auf ihre Oberschenkel und führte ihr Becken, nur ihren eigenen Bewegungen folgend.

Er wagte nicht, ihre herrlichen Brüste zu berühren, da er sie nicht aus dem Rhythmus bringen wollte.

Sein Genuss musste nun hinten anstehen, er biss sich auf die Lippen.

Katharinas Bewegungen wurden immer heftiger, und er spürte, dass sie bald zum Höhepunkt kommen würde.

Plötzlich umspülte ihn eine Welle von Muskelspiel ihres Beckenbodens und sie sank nach vorne neben seinen Kopf mit einem leisen, langen Seufzer aus ihrem Mund.

Ihn selbst hatte dieses phantastische Erlebnis dermaßen

beeindruckt, dass er selbst augenblicklich nach
ihrem Höhepunkt kam und sich in sie vollständig ergoss.
Gleichzeitig hatte er schnell seinen Handrücken in
seinen halb geöffneten Mund gepresst, um ein lautes
Stöhnen zu unterdrücken.

Lange noch blieb Katharina auf ihm liegen. Als sie am
Morgen nebeneinander aufwachten, wusste er nicht,
wann sie von ihm geglitten war. Es war die
wunderschönste Nacht seines bisherigen Lebens.

Ob die Bettnachbarin etwas mitbekommen hatte, wusste
er nicht, sie war eine Lady.

Alexander sah Katharina Jahre später auf Photos eines bekannten deutschen Magazins, das eine Reportage über ihren Lebensgefährten abdruckte, der inzwischen ein Star und Nationalspieler geworden war und häufig im Fernsehen zu sehen war.

Weitere Jahre später las Alexander aber auch, dass dieser eine jüngere Frau geheiratet hatte.

Alexander konnte beide Sprechzimmer in der Praxis nutzen.

Er sprach sich mit dem Personal ab, dass sie die bestellten Privatpatienten immer in das Sprechzimmer der Ärztin setzen sollten, um die Wartezeiten so gering wie möglich zu halten.

Der Arzt war Allgemeinmediziner, sie war hausärztliche

Internistin mit einem breiten Leistungsspektrum. Sie bot zusätzlich Herzultraschall, Belastungs-EKG, Langzeit-EKG und Duplex-Sonographie an, was Alexander natürlich nicht beherrschte, was er ihnen aber auch bei der Kontaktaufnahme mitgeteilt hatte.

Sie sahen darin kein Problem in diesen zwei Wochen, man konnte den Patienten für diese Untersuchungen auch einen späteren Termin geben, - und sie hatten am Telefon einen guten Eindruck von Alexander.

Der Praxisbesitzer war ebenfalls Sportler und Alexander merkte, dass er sich wohl mit seinen Patienten gerne über Tennis und Fußball unterhielt, da manche auch ihn gleich in Gespräche über Sport, hauptsächlich Fußball, verwickelten.

Viele waren Fans von Nürnberg oder Fürth. Alexander machte es Spaß, da er über die Fußball-Ligen auch informiert war. Er hatte als Jugendlicher natürlich ebenfalls Fußball gespielt, war aber wegen Knie-

problemen dann später nur beim Tennis geblieben.

Ältere Patienten, die früher Tennis gespielt und jetzt

beim Golf gelandet waren, unterhielten sich mit ihm

gerne über ihre alten Zeiten.

Alexander musste nur ab und zu auf den Computer-

Bildschirm schauen, um die angezeigten Patienten nicht

zu lange warten zu lassen.

Mit einer Patientin hatte er ein längeres Gespräch, da sie

anscheinend an einer Depression litt und verschiedene

körperliche Symptome zeigte.

Sie war schon bei der Ärztin gewesen und wollte jetzt

ihre Labor- und Untersuchungsergebnisse erfahren.

Diese waren alle unauffällig und Alexander las bereits in

der elektronischen Karteikarte die Verdachtsdiagnose.

Er hatte genau den gleichen Eindruck und zusammen

mit den Assistentinnen besorgte er ihr einen schnellen
Termin beim Nervenarzt.

Ein siebzigjähriger Mann kam mit der Sorge, dass er
einen Tumor habe.

„Herr Doktor, ich habe seit Wochen eine Schwellung im
Unterbauch, beim Aufstehen schmerzt es neuerdings.
Ich habe mich jetzt endlich her getraut", sagte er mit
sorgenvoller Miene.

„Gehen Sie bitte mal zur Liege hinter dem Schirm und
lassen Sie die Hosen runter, - und bleiben Sie aber gleich
stehen", bat er den Patienten.

Er schaute sich den Befund an und fühlte und drückte
die Schwellung. Nun bat er den Patienten, sich
hinzulegen und er massierte mit leichtem Druck die
Schwellung zurück in den Leistenkanal.

„Schauen Sie und fühlen Sie, jetzt ist die Schwellung

weg. Es handelt sich nur um einen Leistenbruch. Den

müssen Sie mal operieren lassen, sonst könnte er mal

Ärger machen", sagte Alexander und erklärte mit

einfachen Worten, was ein Leistenbruch ist und wie er

entsteht.

„Ich habe jetzt zwei Monate keine Zeit, kann man solange

warten?", fragte der Patient.

„Bei großen Problemen gehen Sie sofort zum Arzt. Sie

können sich aber auch vorübergehend ein

Leistenbruchband im Sanitätshaus besorgen",

riet er ihm.

Die nächste Patientin war eine Frau Marianne Ratz.

Sie wollte ihre Laborwerte wissen.

Er schaute nochmals auf das Geburtsdatum.

Siebenundneunzig Jahre alt!

Die Türe wurde von der Helferin geöffnet und Frau Ratz,

eine untersetzte, kräftige Frau mit einem Gehstock in der

Hand kam lächelnd auf ihn zu.

„Es freut mich, Sie kennenzulernen, ich kann Ihr Geburtsjahr gar nicht glauben", sagte er zur Begrüßung.

„Ihr Langzeit-Zuckerwert ist gar nicht schlecht und die anderen Werte sind unauffällig. Der Nierenwert ist leicht erhöht, aber das macht nichts! Sie können so weiter machen."

„Sie nehmen ja gar keine Zuckertabletten, ein bisschen bei den Süßigkeiten aufpassen reicht!"

Er hütete sich davor, so Alten noch irgendwelche kluge Regeln zu geben. Man musste erst einmal so alt werden.

Die Kriegswitwe erzählte, wann sie ihren Mann verloren hatte, dass sie 2 Söhne vor dem Krieg geboren, etliche Enkel und Urenkel habe und dass sie jetzt bei einem Sohn wohne.

Vor kurzem habe sie noch ganz alleine gelebt.

Vor 3 Jahren habe sie sich noch an einem Darmkrebs

operieren lassen. Zuerst wollte sie wegen ihres hohen

Alters nicht, wegen der Operationsrisiken, - und der

Krebs wachse im Alter ja langsamer. Dann drohte aber

der Darmverschluss und sie ließ sich vom Hausarzt zur

Operation überreden. Und es war alles gut gegangen.

Der Tumor wurde im Ganzen entfernt und es gab

zum Glück keine Metastasen.

Ihr kleines Häuschen mit dem Garten wäre ihr als

Alleinstehende das Paradies gewesen. Die ganze

Verwandtschaft hätte sie jahrelang mit Salat und

Gemüse versorgt. Die Kinder hätten Tomaten und

Karotten direkt vom Beet gegessen.

Ihre Katzen hätte sie jetzt auch nicht mehr.

Alexander hätte sich noch mehrere interessante

Geschichten anhören können, aber die nächsten

Patienten warteten schon.

Einen eiligen Hausbesuch musste er ausführen. Ein Frau sagte am Telefon, dass ihr Ehemann plötzlich Sprachstörungen habe.

Alexander fuhr sofort los.

Als die Ehefrau ihn hereinbat, saß der Patient auf dem Sofa im Wohnzimmer.

Ihr Mann schien verlangsamt in seiner Reaktion, der rechte Mundwinkel hing etwas nach unten, die Hand konnte er zum Gruß nicht geben.

Alexander maß den Blutdruck und fühlte den Puls.

Der Blutdruck war nur leicht erhöht.

Herr Felbermann, ein Diabetiker mit Bluthochdruck und erhöhten Cholesterinwerten, der noch dazu rauchte, hatte einen Schlaganfall erlitten.

„Sie haben im Kopf eine Durchblutungsstörung, wir müssen Sie ins Krankenhaus fahren, um das wieder hinzukriegen", sagte Alexander.

Er legte ihn mit angehobenem Oberkörper auf das Sofa und rief persönlich schnell den Rettungswagen.

Als dieser ankam, hatte er beim Patienten bereits eine Infusion angelegt und ihn beruhigt.

Der dazu gerufene Notarzt organisierte gleich die Aufnahme in eine Spezialklinik für Schlaganfälle.

Die Einweisungspapiere und den Transportschein hatte Alexander schon ausgefüllt und die Kranken-versicherungskarte nicht vergessen, in das mobile Lesegerät einzuspeichern.

Gott sei Dank brauchte er nicht auch noch die Praxisgebühr zu kassieren und eine Quittung aus-zustellen, da der Patient als Chroniker davon befreit war. Inzwischen hatte er gehört, dass die Praxisgebühr bald wieder abgeschafft werden würde. Es lief eine Petition. Eine erhebliche bürokratische Erleichterung würde das sein!

Die Tage gingen recht schnell vorüber, die erste Woche war wegen des Pfingstmontags sowieso schon kürzer.

Im vergangenen Januar hatte seine Freundin Lisa drei Wochen Urlaub und er nahm sich auch frei. Sie hatten eine 18-tägige Reise nach Thailand gebucht.

Alexander bestand darauf, dass sie sich sämtliche empfohlenen Impfungen rechtzeitig verabreichen lassen würden.

Start und Ziel der Rundreise war Bangkok.

Sie hatten ein unvergessliches Erlebnis.

Sie besuchten den Dschungel mit einem Elefantencamp, machten eine *Rafting* Tour, hatten einen schönen Strandaufenthalt, lernten die bekannte Insel *Phuket* kennen, übernachteten in einem Baumhaus, besuchten den Regenwald und anschließend noch die Tropeninsel *Koh Samui.*

Sie hatten das Glück, keinen Tag krank zu sein und waren immer von netten Menschen umgeben.

Der Service und das Essen waren hervorragend.

Alexander machte viele Photos mit seiner kompakten *Sony RX100* und schenkte seiner Lisa eine Woche nach der Rückkehr ein wunderschönes Photobuch von ihrem gemeinsamen Urlaub.

Jetzt im Juli hatte Lisa nur zwei Wochen Urlaub von ihrem Arbeitgeber bekommen und sie beschlossen, dieses Mal nicht so weit zu fliegen. Alexander arbeitete im Juli nicht als Honorararzt und er wollte nach dem Teneriffaurlaub noch mit seinen Tennisfreunden mit dem Mountainbike eine Alpenüberquerung durchführen.

Der Flug nach Teneriffa dauerte nur vier Stunden und sie hatten herrliche entspannende Tage im Luxushotel und machten mit einem Leihwagen schöne Ausflüge über die kleine Insel.

Ansonsten genossen sie ihre Liebe. Sie verstanden sich so gut, jeder wollte dem anderen nur den Tag versüßen.

Der Urlaub ging leider viel zu schnell zu Ende.

Beim Rückflug hatten sie das Glück, dass in der Touristenklasse kein Platz mehr frei war und so durften sie in der *Premium Class* in den großen bequemen Sesseln sitzen.

Die Reise verging in der Tat wie im Flug.

Sein Fahrradausflug mit den Freunden über die Alpen bis zum Gardasee war ein tolles Erlebnis. Er und seine sieben Tennisfreunde starteten mit dem Mountainbike in Garmisch-Partenkirchen. Alle mit einem Fahrrad-Rucksack auf dem Rücken, ohne Gepäckträger am Rad, aber mit viel Sonnenschutzmittel im Gepäck.

Zwei Freunde hatten diese Tour schon mal durchgeführt

und so war diesen die Route bestens bekannt und Alexander brauchte sich selbst um nichts Organisatorisches zu kümmern.

Er musste nur mit seiner Kondition auskommen und nicht vom Fahrrad fallen. Das war hart genug.

Die Fahrt über die Alpen dauerte acht Tage für die 540 Kilometer und sie überwanden vierzehntausend Höhenmeter. Es ging über die vier Länder Deutschland, Österreich, die Schweiz und Italien.

Es war ein wunderbares gemeinsames Männererlebnis, das er gerne jedes Jahr wiederholen wollte. Es gab ja eine Menge verschiedener Touren in den Alpen.

Die Fahrt war teilweise ganz schön anspruchsvoll und er als Flachlandmensch, der bisher nur die sanften Mittelgebirge befahren hatte, war enorm stolz über seine Leistung.

Seine Freunde über ihre eigene selbstverständlich auch.

Die erste Etappe von Garmisch nach Landeck betrug schon 81 km, von Landeck nach Galtür 60 km, von Galtür nach Sur En 52 km, von Sur En nach Santa Maria 45 km, von Santa Maria nach Bormio auch 45 km, von Bormio nach Pezzo 50 km, von Pezzo nach Dare´ 94 km, und von Dare´ nach Torbole 88 km.

Von oben, nach 2400 Höhenmetern der achten und höchsten Etappe, den Gardasee zu erblicken, war ein tolles Erlebnis, an dem man sich nicht satt sehen konnte.

Die urigen Übernachtungen in den Almhütten und die Brotzeiten auf den Almen, teilweise ziemlich fern der Zivilisation, hatten schon was besonderes.

Und es stärkte ihre Sportlerkameradschaft.

Nach zwei Übernachtungen mit Relaxen, Schwimmen und Segeln am Gardasee fuhren sie mit dem Zug wieder nach Hause.

In den Sommerferien in Süddeutschland machte er nun die Vertretung in zwei verschiedenen Hausarztpraxen.

Die erste über vierzehn Tage war sehr nahe der bayerischen Stadt Ingolstadt, die andere war wieder die Praxis von Dr. Mayer in Nordbayern in der zweiten Hälfte der Ferien.

Das interessante in der südbayerischen kleinen Stadt war anfangs der Dialekt, an den er sich erst gewöhnen musste.

Er als geborener Niedersachse, der angeblich in Deutschland das „sauberste Deutsch" spricht, musste manchmal nachfragen, um die Patienten zu verstehen.

Aber er hatte Spaß, auch an den Fußballfans um Ingolstadt, die glücklich waren, die 2. Bundesliga gehalten zu haben.

Anfang August war es hier in allen Arztpraxen etwas

ruhiger, da viele Menschen in den Urlaub gefahren waren. Da der Ort am Altmühltal-Radweg lag, kamen aber auch ein paar Radtouristen in der Praxis vorbei, um Sonnenbrand, entzündete Insektenstiche oder Verletzungen durch Fahrradstürze verarzten zu lassen.

Mit diesen Radlern hatte er gleich ein Gesprächsthema nach seiner Alpenfahrt.

Einmal musste er tatsächlich zum Fahrradweg fahren, um einen älteren Radfahrer zu versorgen. Dieser hatte sich fahrend von Menschen, die mit einem Boot auf dem Wasser waren, ablenken lassen und war einem anderen Radfahrer von hinten aufgefahren.

Er hatte sich beim Sturz das linke Schultereckgelenk gesprengt und sich eine Gehirnerschütterung zugezogen.

Er hatte keinen Fahrradhelm getragen.

Alexander ließ ihn in die Unfallabteilung des Klinikums

einweisen und er wurde dort operiert. Auch für dessen Frau war damit die Reise beendet.

In die Praxis kam ein junger Mann, der gerade aus einer offen stehenden Kola-Flasche getrunken hatte. Er spürte beim Schlucken einen Fremdkörper und in diesem Moment sofort einen Stich im Rachen. Er spuckte aus und schon lag eine Wespe am Boden.

Wütend trat er sie tot. Seine Freunde fuhren ihn sofort in die Praxis.

Alexander gab ihm die übliche Infusion mit den abschwellenden Medikamenten und ließ ihn Eiswürfel aus dem Impfstoff-Kühlschrank lutschen. Zur Überwachung musste der Mann anschließend für ein paar Stunden im Krankenhaus verweilen.

Am Vormittag war ein 10-jähriger Junge da, dem vor einer Woche nach einer Verletzung die linke Augenbraue genäht worden war.

Sie sollten in der Praxis die Fäden entfernen.

Am Nachmittag erschien er nochmals, die Wunde war breit klaffend wieder aufgeplatzt. Ein Basketball war ihm genau auf die gleiche Stelle geknallt.

Alexander frischte nach örtlicher Betäubung die Wundränder an und nähte die Augenbraue wieder zu.

Kurz danach kam ein 13-Jähriger. Er hatte mit seinem Vater im Garten Fußball gespielt und machte den Torwart. Beim Hechten nach dem Ball geriet er mit dem Ellenbogen auf den Pflasterweg und schlug sich den Arm auf. Die Wunde musste mit drei Stichen genäht werden. Das Torwarttraining fiel nun für mindestens zwei Wochen aus.

Ein Mädchen kam sehr unglücklich in die Praxis. Sie hatte an einer Fußsohle bereits seit vielen Wochen mehrere Warzen.

Er erklärte ihr seine Behandlungsmethode:

„Du machst zu Hause ein Fußbad über eine Stunde. Dann trocknest du den Fuß ab und klebst ein Hornhautpflaster in der Größe der Warze mit Klebepflaster fest, - das machst du jeden Abend neu. Nach drei Tagen kommst du zu uns in die Praxis und wir schaben mit einem Skalpell die abgestorbene Haut schmerzlos ab. Wir machen das dann so lange, bis die Warze weg ist und behandeln anschließend noch mit einer speziellen Lösung, ähnlich einem Nagellack, eine längere Zeit nach. Du wirst sehen, das wird klappen, - man braucht aber etwas Geduld", sagte er.

Das Mädchen war froh, dass es nicht schmerzen sollte.

In dieser Woche kamen mehrere Zeckenbisse. Der Praxisinhaber hatte verschiedene Instrumente zum Entfernen.

Der Zeckenkopf sollte nicht abgerissen werden.

Am behaarten Haupt, hinter den Ohren, an der Brust, im Unterhosenbereich, in der Kniekehle, eigentlich überall waren die Biester zu finden.

Jeder Mensch hatte eine andere Haut. Normal oder schlaff, dick oder dünn.

Mit der Zeckenkarte, mit der Zeckenzange, mit der Zeckenschlinge oder mit der Splitterpinzette konnte man ihnen zu Leibe rücken und es gelang ihm, alle zu entfernen.

Manche Patienten hatten aber schon den Kopf oder das Beisswerkzeug der Zecke abgerissen und er klebte dann ein Salbenpflaster und riet zur Kontrolle auch wegen der Gefahr einer Borreliose-Erkrankung.

Den Impfausweis überprüften die Mitarbeiterinnen.

Einmal kam ein Kind mit einer Zecke am Rande des

Augenoberlids. Er sah sich den Befund an und wusste momentan nicht, wie er diese Zecke schmerzfrei entfernen sollte.

Er ließ das Kind sich erstmal auf die Untersuchungsliege legen und betastete das Lid. Plötzlich ließ die Zecke sich abfallen. So etwas hatte er noch nicht erlebt.

Alle waren erleichtert.

Am Abend luden ihn die Praxisassistentinnen ein, mit in den Biergarten zu kommen.

Er sagte zu und trank eine alkoholfreie Radlermaß.

Ihm als *Saupreiß* , wie sie ihn hier bezeichneten, gefiel die bayerische Gemütlichkeit in dieser Region.

Aber musste so viel Alkohol getrunken werden?

Es war die Praxis der kleinen Unfälle.

Ein junger Mann wollte im Freibad einen anderen nach hinten ins Becken stoßen.

Dieser wich ihm etwas aus, fiel aber rückwärts auf den Boden und wollte sich mit dem ausgestreckten rechten Arm abstützen.

Er hatte sich wohl das Handgelenk verstaucht. Allerdings hatte er in den folgenden Tagen zunehmende Beschwerden. Alexander schickte ihn zum Röntgen, um keinen Bruch des Kahnbeins zu übersehen, da diese unerkannte Fraktur zu erheblichen Folgeschäden führen konnte.

Die Diagnose wurde prompt bestätigt,
die Weiterbehandlung erfolgte beim Chirurgen.

Eine verwitwete Landwirtin wurde von einem ihrer Reitpferde am Oberkörper gestoßen. Sie glaubte, dass sie sich die Schulter ausgerenkt hatte und ließ in der Praxis anrufen.

Alexander fuhr zu dem Bauernhof, den die Frau mit

ihren beiden erwachsenen Töchtern bewirtschaftete.

Die Frau lag in der Küche auf einem Sofa, wie es in Bauernhäusern gerne üblich war. Sie lächelte gequält.

„Herr Doktor, ich habe mir die rechte Schulter ausgekugelt, man nennt das bei euch, glaube ich, *Luxation*. Ich hatte das gleiche Ereignis vor einigen Jahren!", sagte sie.

Alexander ertastete die leere Schulterpfanne und gab ihr Recht.

„Frau Oblinger, wir müssen Sie jetzt zum Röntgen fahren und im Krankenhaus die Schulter wieder einrenken!", sagte er.

„Nein, nein!", erwiderte sie, „das braucht es nicht, das können Sie doch gleich bei mir hier machen!"

„Also gut, probieren wir es, auf Ihre eigene Verantwortung!", antwortete Alexander.

Er legte ihr am linken Arm eine Butterfly-Nadel, fixierte diese gut und spritzte ihr langsam ein Schmerzmittel und ein muskelentspannendes Beruhigungsmittel dazu.

Dann bat er die Tochter Margit um einen dicken Herrenhandschuh für seine rechte Hand.

„So, Margit, jetzt müssen Sie mir helfen. Ich setze mich auf den Sofarand zu Ihrer Mutter und gehe mit meiner behandschuhten Faust in die Achselhöhle Ihrer Mutter. Während Sie an ihrem Arm ziehen, versuche ich den Oberarmkopf wieder in die Schulterpfanne zu hebeln."

Nach einem leichten Schnappgeräusch saß das Schultergelenk wieder korrekt.

Margit hatte sich nicht dumm angestellt.

Mutter und Tochter strahlten.

Er prüfte nochmals Durchblutung und Gefühl des Armes. Alles war in Ordnung.

„Frau Oblinger, wir müssen dies nächste Woche noch-

mal kontrollieren und Sie schonen den Arm jetzt bis
dahin in einer Schlinge!"

Sie lächelte ihn verschmitzt an.

Er wusste in diesem Moment, dass sie seinen Rat
wahrscheinlich nicht befolgen würde.

Am nächsten Montag früh meldete eine Frau gleich ihren
73-jährigen Mann an, er könne nicht mehr
Wasserlassen.

Wie er zugab, hatte er am Abend zuvor sage und schreibe
6 Maß Bier auf einer Feier getrunken. Er konnte
spätabends plötzlich nicht mehr urinieren. Sie wollte
schon den Notdienst rufen, aber ihr Mann wollte bis zum
Morgen durchhalten und nahm Schmerztropfen des Typs
Metamizol ein.

Alexander sah sich den Bauch an; die Harnblase stand
bis zum Nabel, was er sich kurz per Ultraschall
bestätigen konnte.

Per Blasenkatheter durch die Harnröhre konnte
Alexander dem Patienten rasch Erleichterung
verschaffen. Er musste die schätzungsweise fast zwei
Liter Urin nur langsam fraktioniert ablassen,
damit es nicht zu einer Blasenblutung kam.
Wegen der Prostatavergrößerung überwies er den
Patienten mit liegendem Katheter zum Urologen.

Eine Großmutter kam mit ihrem zweieinhalbjährigen
Enkel in die Praxis.
Er war ängstlich und hielt den linken Arm in einer
Schonhaltung am Körper.
„Was ist passiert?", fragte Alexander.
„Wir gingen gerade auf dem Bürgersteig, er wollte sich
losreißen und auf die Straße rennen. Ich habe ihn gerade
noch zurückgehalten!", sagte sie.
„Setzen Sie sich bitte auf den Stuhl und nehmen Sie den

Jungen auf den Schoß!", entgegnete er und sprach dann beruhigend auf den Buben ein.

Er tastete nun den linken Arm vorsichtig ab und bewegte das Ellenbogengelenk mit einer speziellen Technik.

Das Kind jammerte kurz auf - und war dann ruhig.

Alexander wartete ein wenig und hielt ihm nun einen kleinen Schokoriegel hoch vor dessen linken Arm und gleichzeitig hielt er ihm mit der anderen Hand den rechten unten fest.

Der Bub ergriff die Süßigkeit ohne Probleme.

Die Großmutter staunte: „Gerade konnte er den Arm vor Schmerzen nicht mehr bewegen, das ist ja unglaublich!", sagte sie. „Es war eine *Radiusköpfchensubluxation*, eine Teilausrenkung des Speichenköpfchens am Ellenbogengelenk, die gerne beim Kleinkind durch Reißen am Arm entsteht. Jetzt ist wieder alles okay", entgegnete er.

Alexander musste am Dienstag Nachmittag eine kleine Visite im Pflegeheim machen. Der Praxischef hatte dort seine acht Patienten zu versorgen.

„Könnten Sie bitte einen Krankentransportschein da lassen, ein Patient müsste zum Wechsel des *suprapubischen Katheters* zum Urologen gefahren werden", bat eine Pflegeschwester.

„Das mache ich gleich selbst, was meinen Sie, wie hoch die Transportkosten sind", sagte er.

Der Wechsel eines Blasenkatheters, der durch die Bauchdecke gelegt wurde, war viel einfacher und schmerzärmer als der übliche durch die Harnröhre.

Er benötigte dazu nur eine sterile Pinzette und das übliche Blasenkatheter-Material, was im Heim vorrätig war.

Später erfuhr er, dass das Wechseln des Katheters dem

Hausarzt nicht honoriert würde.

Da war es klar, dass er dies delegierte.

Für den Patienten ein unsinniger Aufwand. Und dann

auch noch die Transportkosten! Wer das von den

Bürokraten wieder verbrochen hatte?

Oder waren es die ärztlichen Lobbyisten?

Er musste dann noch bei einer Patientin die Eintrittstelle

der *PEG-Ernährungssonde*, die in den Magen verlief,

kontrollieren, da es an der Bauchdecke etwas eiterte.

Die Patientin hatte vor Jahren einen Schlaganfall erlitten

und konnte selbst nicht ausreichend schlucken. Ihr

Ehemann konnte sie zu Hause nicht mehr versorgen und

hatte sie täglich besucht.

Doch jetzt war er plötzlich vor ihr gestorben.

Am Mittwoch Nachmittag war er im Altmühltal mit dem

Fahrrad unterwegs und kam an einem Bolzplatz vorbei.

Einige Jugendliche standen um einen sitzenden

Mitspieler herum, der wohl den Torwart gemacht hatte.

Alexander hielt an, da er den Eindruck hatte, dass

jemand verletzt war.

Der Junge hatte sich die Handschuhe schon unter

Schmerzen ausgezogen und sah auf seinen linken

Mittelfinger, der im Endgelenk ausgerenkt war.

Ein Spieler war ihm mit den Stollen auf den Finger

getreten.

„Ich bin Arzt", sagte Alexander, „lass mal sehen, beiß

kurz die Zähne zusammen!"

Er hielt die Hand des Jugendlichen fest und zog kräftig

am Finger, sodass das Endglied wieder in die

Ausgangsstellung zurückschnappte.

Der Junge stöhnte kurz auf.

Alexander umwickelte nun den Finger noch mit seinem

Stofftaschentuch, das er mit dem Mineralwasser seiner

Getränkeflasche befeuchtet hatte. Er riet dem Jungen am nächsten Tag zu seinem Hausarzt zu gehen.

Am Donnerstag kam ein junger Mann, der starke einseitige Hodenschmerzen hatte.

Diese hatte er sich plötzlich beim Sport zugezogen und die Schmerzen wurden immer schlimmer und strahlten in den Bauch aus. Alexander hatte von einem solchen Ereignis bereits gehört, es aber bisher selbst noch nicht erlebt.

Er vermutete eine gefährliche Hodentorsion, die zum Verlust des Organs führen konnte.

Er las noch mal schnell bei *wikipedia* nach und wies den Patienten sofort in die urologische Klinik ein.

Er konnte diese südbayerische Praxis bereits am Freitagmittag verlassen, da sich ein Kollege bereit erklärt hatte, am Nachmittag die voraussichtlich geringe Patientenzahl mit zu betreuen.

Alexander sehnte sich schon sehr nach seiner Lisa und er musste ja am kommenden Montag wieder in der Praxis von Dr. Mayer antreten. Es war das erste Mal, dass er drei Wochen die Urlaubsvertretung übernehmen wollte, da er es sich in dieser Praxis zutraute und die Angestellten ihm sagten, dass es in dieser Zeit recht ruhig zuginge.

Er bekam auch die Zusage, keinen Wochenenddienst ableisten zu müssen.

Er verbrachte ein sehr intensives Wochenende mit Lisa. Sie waren beim Schwimmen und Sonnenbaden und er stellte sich Lisa im Bikini mit einem dicken Babybauch vor.

Man konnte am Abend lange im Freien sitzen und sie waren sehr glücklich.

Dieses Mal fuhr er erst am Montag in aller Früh nach Nordbayern zu Dr. Mayers Praxis. Die Autobahnen waren leer.

Es waren in der ersten Woche tatsächlich ruhige Tage und er konnte bereits während der Sprechzeiten immer wieder einen Routinehausbesuch erledigen und ließ sich für den Schreibkram von einer Helferin begleiten.

Die beiden Wochenenden war er wieder zu Hause. Er hatte sogar dieses Mal die Erlaubnis, mit Dr. Mayers Tankkarte seinen eigenen Wagen für die Heimfahrt zu füllen. Das war schon sehr großzügig, dachte er bei sich. Er kannte nun mit der Zeit immer mehr Patienten und Patientinnen aus dieser Praxis und es ergab sich auch mit dem Personal ein sehr freundschaftliches Verhältnis.

Sie verstanden sich prima.

Alexanders eigene Zufriedenheit bei der Patienten-

behandlung wurde immer größer.

Er hatte sich auch einige „Tricks" bei den Heilpraktikern

abgeschaut.

Eine ihm bisher unbekannte Patientin, über die er sich

natürlich über die Praxissoftware vor ihrem Eintreten

bereits informiert hatte, beeindruckte er gleich stark.

Nach dem Blutdruckmessen, bei dem er auch den Puls

beurteilen konnte, sagte er, er wolle gleich mal die

Augendiagnostik durchführen.

„Ah ja, Sie haben einen erhöhten Blutdruck, man sieht,

dass Sie auch erhöhte Blutfette haben. Größere Schäden

am Augenhintergrund sehe ich allerdings keine.

Ihre Leber ist ein bisschen verfettet. Sie haben Diabetes,

nicht wahr?"

„Richtig, das hat der Augenarzt vor kurzem auch

bestätigt," antwortete sie anerkennend.

Klappern gehört zum Handwerk, das hatte er schnell

begriffen. Die Augen-Diagnostik wollte er in Zukunft öfter

anwenden.

Auch mit der Akupunktur hatte er sich in den letzten

Monaten beschäftigt.

Er wollte *up to date* sein. Er bestellte sich über den

Buchversand *online* ein kleines Lehrbuch der

Akupunktur und testete seine neu erworbenen

Erkenntnisse gleich bei Patienten mit chronischen

orthopädischen Leiden.

Er führte seine eigenen Akupunkturnadeln, die er sich

von einem Medizinversand hatte schicken lassen, immer

in seinem Gepäck mit sich.

Die ungefähr richtigen Punkte, die für die Linderung von

Rücken- oder Arthrosebeschwerden zuständig sein

sollten, las er aus den entsprechenden Buchseiten.

Und er hatte tatsächlich zu seiner eigenen Überraschung
Erfolg damit.

Sollte die Akupunktur nur ein *Placebo-Effekt* sein ?

Er wusste es nicht.

Die Gesetzlichen Krankenkassen bezahlten es ja den
Ärzten, die einen Kurs belegt hatten. Es war schon
sonderbar.

In einem Pflegeheim musste er einen Besuch bei einem
pensionierten katholischen Pfarrer ausführen.

Er studierte im Stationszimmer die Krankenakte des
Patienten, um sich über die Krankheiten und die
verabreichten Medikamente vorab zu informieren.

Der Gottesdiener hatte schon einiges mitgemacht.

Vor vielen Jahren bereits die große Operation eines
Darmkrebses mit künstlichem Darmausgang,
einem *anus praeter.*

Parallel dazu die Entwicklung einer Zuckerkrankheit.

Kurz danach bereits das Erleiden eines Herzinfarktes mit

anschließender Bypass-Operation.

Er hatte bisher alles überlebt.

Mit den Jahren hatte auch seine Gedächtnisleistung

nachgelassen und er hatte sporadisch wiederholt

Verwirrtheitszustände.

Alexander wurde gerufen, da der Patient

Bauchschmerzen hatte und gerne eine Spritze wollte.

Alexander tat ihm den Gefallen und sie kamen ein wenig

ins Gespräch.

„Herr Pfarrer, Ihr Herrgott lässt Sie ja ganz schön leiden",

sagte er zu ihm mitfühlend.

„Ja, da haben Sie Recht, mir reicht es jetzt auch schon

langsam, ich werde nicht mehr gesund, es hat keinen

Sinn mehr hier auf Erden. Aber er holt mich einfach

nicht zu sich", sagte er mit schwacher Stimme.

„Wir Ärzte werden Ihnen die Schmerzen schon erträglich machen", erwiderte er, „und falls Sie ihn da oben mal sehen, sagen Sie ihm einen schönen Gruß von mir, die Wirbelsäule der Menschen hätte er schon besser konstruieren können!"

Es war schon Wahnsinn, wie viele Menschen es mit Rückenproblemen gab.

Der alte Pfarrer, der am Ort sehr beliebt gewesen war, lächelte gequält.

Alexander verabschiedete sich und hatte das sichere Gefühl, dass der Pfarrer nicht mehr lange zu leiden hatte. Er sollte Recht behalten.

Eine alte Patientin bat Alexander, sie auf den örtlichen Friedhof zu begleiten, da sie sich dann sicherer fühlen würde. Sie wollte das Grab ihres Mannes besuchen und hatte gerade keine Verwandten, die mit ihr gehen konnten.

Alexander fand dies schon abwegig, aber er tat ihr den Gefallen, da es kurz vor der Mittagspause war.

Das Vertrauen, das die alte Frau hatte, rührte ihn.

Auf dem Rückweg erblickte er den Grabstein eines promovierten Arztes mit der Inschrift:

„Ein Arzt bis zum letzten Augenblick."

Die Patientin erzählte ihm, dass es der Schwiegervater eines hiesigen Arztes gewesen sei, der kurz nach einem schweren ärztlichen Einsatz verstorben war.

Sie erzählte, dass sie ihn gut kannte und dass er mit seiner großen Praxis immer unter Stress stand und für einen Arzt sehr viel rauchte. Auch sein Schwiegersohn konnte ihm nicht mehr helfen.

In der Nachmittagssprechstunde kam eine 65-jährige Patientin mit starken Oberbauchbeschwerden in die Praxis. Die Schmerzen strahlten auch in den Rücken aus. Es konnte sich differentialdiagnostisch um mehrere verschiedene Krankheitsbilder handeln, was sofort im Krankenhaus abgeklärt werden musste.

Angefangen von einen akuten Herzinfarkt, einem durchbrechenden Magengeschwür oder einer akuten Bauchspeicheldrüsenentzündung konnte es alles mögliche sein.

Wie sich im Krankenhaus herausstellte, handelte es sich tatsächlich um eine akute *Pankreat*itis, die zu allen möglichen Komplikationen führte, da die Patientin zusätzlich an einer speziellen Form der *Leukämie* litt. Wie er später hörte, befand sich die Patientin wochenlang im Krankenhaus.

In dieser Woche kam auch ein älterer Patient mit heftigen linksseitigen Bauchschmerzen, wie bei einer Blinddarmentzündung. Da sich der Blinddarm aber normalerweise auf der rechten Seite befindet, war eher nahe liegend, dass es sich um eine akute *Divertikulitis*,

der Entzündung einer Ausstülpung im Dickdarm,

handelte.

Da der Patient sich im Rahmen der Krebsvorsorge-

untersuchung vor geraumer Zeit einer

Darmspiegelung unterzogen hatte, waren

die Divertikel bekannt und die Entzündung konnte

relativ schnell erfolgreich behandelt werden.

Alexander wusste, dass solche Entzündungen nicht

immer so glimpflich abliefen.

In der Klinik hatte er einen Fall miterlebt, bei dem einer

Patientin die entzündete Ausstülpung des Darms

durchgebrochen war und zu einer Bauchfellentzündung,

einer *Peritonitis*, geführt hatte.

Die Patientin musste mehrmals operiert werden und

hatte wochenlang einen offenen Bauch, den deren

Hausarzt regelmäßig spülen und verbinden musste, bis die Bauchdecke schließlich zuheilte.

Eine junge Mutter kam mit ihrer dreijährigen weinenden Tochter in die Praxis. Sie hatte sich einen Finger in die Zimmertüre eingeklemmt, als der ältere Bruder diese zudrückte. Er machte es sogar zweimal hintereinander, da die Türe klemmte, da ja der Finger in der Türe steckte.

Der Finger war flach gequetscht und eine längs verlaufende Risswunde an der Fingerbeere blutete stark. Auf der Untersuchungsliege nahm die Mutter, mit dem Kind auf dem Schoß, Platz.

Alexander bat eine Helferin, dem Mädchen gleich einen Schmerzsaft zu verabreichen und diese konnte durch Ablenkung das Kind auch beruhigen.

Durch Hochhalten des Armes kam es auch zum Stoppen der Blutung und Alexander konnte durch Kleben der

Wunde mit einem speziellen Pflasterstreifen und dem Gewebekleber ein gutes Wundergebnis erzielen. Die Helferin legte noch einen sicheren Verband mit Einschluss des nächsten Fingers als Schienung an und die kleine Patientin konnte mit ihrer Mutter und einem Rezept über einen Schmerzsaft die Praxis wieder verlassen. Nach mehreren Verbandwechseln war die Verletzung nach geraumer Zeit abgeheilt.

Am Dienstag Abend kurz vor 18 Uhr erhielt die Praxis noch einen Anruf eines besorgten Lehrers.
„Herr Doktor, könnten Sie bei meiner Schwester vorbeikommen, ich habe große Angst um sie.
Ihr Hausarzt war heute Mittag schon mal da und wollte sie ins Krankenhaus einweisen, aber sie wollte einfach nicht. Jetzt ist er leider nicht mehr zu erreichen.
Ich mache mir große Sorgen, sie hat in den letzten Tagen

stark abgenommen und isst und trinkt kaum mehr

etwas. Sie ist auch geistig sehr verlangsamt."

„In Ordnung, ich komme vorbei und schaue sie mir an",

erwiderte Alexander.

Die 45-jährige Frau, eine Alleinerziehende von zwei

Kindern lag im Bett und machte einen sehr

geschwächten Eindruck.

Sie war nicht erfreut, dass ihr Bruder einen Arzt

gerufen hatte.

„Ich gehe nicht ins Krankenhaus, ich möchte morgen

meinen Geburtstag noch zu Hause verbringen", sagte sie.

Alexander ließ sich von ihr unter Mithilfe ihres Bruders

die Krankengeschichte erzählen. Er erfuhr, dass sie vor

einigen Jahren einen schweren Unfall erlitten hatte, der

zu einer Querschnittslähmung führte.

Sie war also Rollstuhlfahrerin.

Vor einigen Wochen verbrachte sie noch mit der ganzen

Familie einen Urlaub in Italien. Nun hätte sich ihr Gesundheitszustand aber erheblich verschlechtert, warf der Bruder ein.

Alexander nahm sich Zeit und überlegte, wie er die Krankenhauseinweisung erreichen konnte.

Langsam erwarb er das Vertrauen der Patientin und sie ließ sich von ihm doch noch untersuchen. Auffällig war der recht schnelle Puls bei eher niedrigem Blutdruck. Der Blutzucker, den er an der Fingerkuppe maß, war im Normbereich. Den Bauch konnte er schlecht beurteilen.

„Sie sind wirklich nicht gut beieinander," sagte er, „Sie sind stark ausgetrocknet, es ist unbedingt notwendig, dass wir Sie im Krankenhaus genauestens untersuchen lassen. Nicht dass es bei Ihnen heute Nacht zu einem Nierenversagen kommt, - und Ihre Kinder stehen dann alleine da", schob er nach. „Das ist doch sicher nicht Ihre Absicht."

Der Bruder nickte zustimmend.

„Aber nicht mit dem Krankenwagen!", erwiderte sie schwach.

Alexander war heilfroh, dass er sie überzeugen konnte und er bat den Lehrer, den Bademantel seiner Schwester zu holen.

Er schrieb schnell den Krankenhaus-Einweisungsschein und gemeinsam zogen sie der Patientin den Bademantel über das Nachthemd.

„Packen Sie den Rollstuhl in Ihr Auto und nehmen Sie noch eine Decke mit!", sagte er zu dem Bruder. „Ich trage Ihre Schwester hinaus, das geht am schnellsten. Das Krankenhaus ist ja nicht weit."

Er hob das Leichtgewicht aus dem Bett und legte sie, in die Decke gewickelt, in den Fond des Autos. „Fahren Sie los, am Krankenhaus wird Ihnen dann ein Pfleger beistehen!"

Mit dem Handy rief Alexander die Zentrale des Krankenhauses an und meldete die Patientin in der Notaufnahme an.

Mit den Kindern sprach er noch ein paar beruhigende Sätze, um ihnen die berechtigen Sorgen etwas zu nehmen.

Am nächsten Morgen erhielt er von der Stationsärztin telefonisch die Mitteilung, dass die Patientin noch am gleichen Abend einen Herzstillstand auf der Intensivstation erlitten hatte, dass man sie aber erfolgreich reanimieren konnte.

Sie hätten inzwischen auch die Ursache für die Gesundheitsverschlechterung der Patientin gefunden. Sie hätte eine *Peritonitis*, eine Bauchfellentzündung, wahrscheinlich auch eine Leberentzündung, und bräuchte sicher sehr viel Glück, um dies zu überleben.

Der eigentliche Hausarzt der Patientin war auch bereits

verständigt worden.

Ihr Bruder, der Lehrer hatte noch Ferien, so dass er sich vorerst um die Kinder seiner Schwester kümmern konnte.

Ein 42-jähriger Mann von hagerer Gestalt erschien vor dem Wochenende in der Praxis, um sich seine Medikamente in großer Menge verschreiben zu lassen. Alexander bat ihn ins Sprechzimmer.

„Herr Doktor, ich brauche einen großen Vorrat meiner Tabletten, denn ich werde bald verreisen!"

„Wo soll´s denn hingehen?", fragte Alexander.

„Ihnen kann ich es ja erzählen, Sie stehen unter ärztlicher Schweigepflicht. Wir fliegen zum *Kallisto*."

„Wo ist das denn?", zeigte sich Alexander verwundert.

„Das ist einer der Monde des Planeten *Jupiter*, auf dem wir wohnen können, - nach dem Weltuntergang. Dort gibt es keine lebensgefährliche *Neutronen*-Strahlung."

„Und wer fliegt dort hin, und wie lange dauert die Reise?", fragte Alexander nach.

„Die *NASA* hat mich als Astronauten mit ausgewählt, sie haben mich gestern Nacht angefunkt. Allein die Reise wird einige Monate dauern, denn es sind ja doch mehrere Millionen Kilometer."

„Gibt es da auch was zum Essen und Trinken?", war die nächste Frage Alexanders.

„Nein, aber das besorgen unsere Roboter von einem anderen Mond namens *Europa*."

„Da gibt es Wasser, allerdings vorerst nur in fester Form. Aber das ist kein Problem."

Alexander musste sich nun irgendwie aus der Affäre ziehen.

„Ich kann Ihnen die größtmögliche Packung Ihrer Medikamente rezeptieren. Das ist die N3.

Wie Sie wissen, haben die Hausärzte ein Medikamenten-Budget, das sie einhalten müssen, um nicht Ärger mit den Krankenkassen zu bekommen. Ich würde Sie bitten, bald bei Ihrem Nervenarzt vorzusprechen. Dieser wird Ihnen sicher die ausreichende Menge verschreiben!"

Dieser Patient war seit Jahren wegen Schizophrenie beim Psychiater in regelmäßiger Behandlung und sollte ihn baldmöglichst wieder mal aufsuchen. Alexander war mit diesem Fall überfordert.

Mitte Oktober erhielt Alexander einen Anruf von Dr. Mayer.

„Hallo Herr Kollege, wir sind nun mit der Kassenabrechnung für das 3. Quartal fertig und ich wollte mich nochmals für Ihre sehr gute Arbeit in meinem Urlaub bedanken.

Eigentlich wollten meine Frau und ich Sie mal persönlich

kennenlernen – am besten zusammen mit Ihrer Lebensgefährtin.

Wir kennen Sie äußerlich ja nur von dem Photo an der Pinnwand in unserer Rezeption, das eine Patientin von Ihnen zusammen mit dem Personal gemacht hat, - es ist sehr nett", fügte er hinzu.

„Ja, wir können uns gerne mal treffen", antwortete Alexander.

„Wir können aber auch Sie mal besuchen", sagte Dr. Mayer.

„Das will ich Ihnen nicht zumuten, wir kommen lieber gerne zu Ihnen", entgegnete Alexander, „wie wäre es gleich nächsten Mittwoch Abend?"

„Sehr gerne", sagte Dr. Mayer: „Mittwoch Nachmittag haben wir ja frei und wir gehen dann zusammen schön zum Essen."

Alexander hatte mit so einem Vorschlag schon mal

gerechnet, und er wusste, wie er antworten wollte.

Freundin Lisa konnte er natürlich nicht mitnehmen, sie

wusste ja nichts von seinem beruflichen Doppelleben.

Also fuhr er am Mittwoch Nachmittag nach Nordbayern,

um Dr. Mayer und seine Gattin persönlich kennen zu

lernen. Er wollte in dieser schönen Praxis weiterhin als

Vertreter arbeiten.

Das Ehepaar Mayer war etwas enttäuscht, da Lisa nicht

mitgekommen war.

Als Grund nannte Alexander, dass deren Mutter plötzlich

erkrankt sei und sie sich um den recht hilflosen Vater

kümmern müsse.

Dafür hatten sie dann natürlich Verständnis.

Dr. Mayer hatte im besten Lokal des Ortes einen Tisch

reserviert und sie wurden mit einigen sehr

schmackhaften Speisen verwöhnt.

Seine kleine Frau war sehr liebenswürdig, und man

hatte das Gefühl, dass sie eine sehr harmonische Ehe führten, seit fast 40 Jahren, wie sie erzählten.

Ihre beiden Söhne waren Lehrer und Ingenieur geworden und wohnten in Südbayern.

Nach dem ausgezeichneten Abendessen kam Dr. Mayer langsam zu seinem Anliegen.

„Meine Mitarbeiterinnen sind von Ihnen sehr begeistert", sagte er, „und die Patienten ebenfalls. Ich soll Ihnen von einigen einen schönen Gruß ausrichten, zum Beispiel von der alten Gruberin, Sie wissen schon, die Bäuerin."

„Ja, ja, vielen, vielen Dank", erwiderte Alexander.

„Wie Sie sich vielleicht denken können, will ich doch langsam als Hausarzt aufhören und suche einen optimalen Nachfolger für meine Patienten. Ich habe einen kleinen Bandscheibenvorfall und manchmal fällt mir das Aufstehen schwer und ich habe öfter einen hinkenden Gang und die Patienten reden mich dann darauf an.

Könnten Sie sich nicht vorstellen, mein Nachfolger zu werden?", fragte der ältere Arzt.

Alexander sinnierte und stützte die Faust unter sein Kinn.

„Das ist ein interessantes Angebot, das muss ich mir natürlich reiflich überlegen", erwiderte er.

Die Arztgattin lächelte ihn an.

Dr. Mayer legte nach: „Herr Kollege Alexander, Sie wissen, dass wir Hausärzte von den Gesetzlichen Krankenkassen ziemlich betrogen werden. Ich habe in meiner Praxis aber doch eine recht hohe Anzahl an Privatpatienten, so dass Sie ein gutes Einkommen hätten. Das Praxisteam ist, wie Sie wissen, perfekt eingespielt." - Nach einer Atempause:

„Sie müssten, wie woanders üblich, bei mir keine Ablösesumme bezahlen; und ich würde Ihnen einen sehr günstigen Mietvertrag für die Praxisräume geben."

Er sprach weiter:

„Mir ist es einfach wichtig, dass meine Patienten weiterhin gut von einem selbst gewählten Hausarzt versorgt werden und in der Zukunft nicht von irgendwelchen Ärzten in anonymen Versorgungszentren, wie in der ehemaligen DDR, wie es die Politik anscheinend vielerorts vorhat."

„Ihr Angebot ist sehr verlockend, Herr Dr. Mayer!", sagte Alexander respektvoll, „ich muss mir das wirklich reiflich überlegen."

Sie unterhielten sich noch sehr angeregt, vor allem über die netten Mitarbeiterinnen und einige Krankheitsfälle aus der Praxis.

„Herr Dr.Mayer, Sie haben eine lange Hausarzttätigkeit hinter sich, was waren denn so die interessantesten Fälle oder auch die dramatischsten Fälle, die Sie da erlebt haben?", war Alexander interessiert.

Nach kurzem Überlegen antwortete der Arzt:

„Oh je, da gäbe es vieles zu erzählen, da könnte ich einen Roman schreiben ...."

„Als ich Anfang der Achtziger Jahre als praktischer Arzt angefangen habe, musste ich noch einige Hausgeburten und bis zur Aufgabe der Geburtshilflichen Abteilung in unserem kleinen Krankenhaus, damals noch ohne Frauenarzt, der alten Hebamme noch bei einigen Entbindungen beistehen. Das waren schöne Momente, aber teilweise ganz schön stressig, wenn es Komplikationen gab."

„Das kurioseste Erlebnis war die, Gott sei Dank, letzte Geburt mit der besagten älteren Hebamme, die meiner Meinung nach mit ihrer Tätigkeit viel zu spät aufhörte. Wir Hausärzte arbeiteten ja damals noch Tag und Nacht durch und hatten in unserer Kleinstadt sehr häufig Wochenenddienste, die sich von Freitag Abend bis

Montag Früh erstreckten.

Da musste man schon fit sein, um dies durchzuhalten.

Und wir mussten neben dem Bereitschaftsdienst auch zu

allen Notfällen fahren, da es hier noch keinen Notarzt

gab."

Er fuhr fort: „Zurück zu der Entbindung. Das Kind der

Drittgebährenden kam ohne Komplikationen zur Welt,

ich übernahm den Säugling zusammen mit der

Krankenschwester in einen Nebenraum, saugte ihn ab

und wir reinigten ihn, - das übliche Vorgehen halt."

„Ich ging dann in den Kreißsaal zurück, um nach der

Mutter zu sehen. Die Hebamme deutete mit ernster

Miene auf den Bauch der Frau. Herr Doktor, schauen Sie

sich mal den großen Bauch an, ich glaube da ist noch

ein Zwilling drin, sagte sie, ich höre noch kindliche

Herztöne. Die Neumutter schaute ganz panisch.

Ich nahm mein sehr gutes Kardiologie-Stethoskop und

horchte den Bauch ab. Keine schnellen kindlichen Herztöne waren für mich zu hören, nur die normalen Herztöne der Mutter selbst.

Der Bauch war in der Tat nach der Entbindung noch sehr groß, auch im Mutterpass der mir unbekannten Frau war nichts aussergewöhnliches vermerkt.

Da ich mir sehr unsicher war, rief ich den diensthabenden Geburtshelfer der nächsten großen Klinik an, der mir empfahl die Frau mit dem Krankenwagen zu ihm zu bringen.

Ich fuhr also mit und der Gynäkologe hatte per Ultraschall schnell die Diagnose gestellt und die Nachgeburt entwickelt.

Er sagte lächelnd zum Schluß: Sagen Sie der Hebamme einen schönen Gruß, es handelt sich um einen sehr großen *Uterus myomatosus* , keine Spur von einem Zwilling! Das Gehör der alten Hebamme hatte also schon stark nachgelassen."

„Und die kindlichen Herztöne?", fragte Alexander.

„Wahrscheinlich waren es die eigenen der Hebamme, die sie gehört hatte. Ich war heilfroh, dass die Geburtshilfe hier bald beendet wurde. Heutzutage haben ja selbst die Frauenärzte ein hohes Risiko ihre Haftpflicht-versicherung zu strapazieren", erwiderte Doktor Mayer.

Er fuhr fort: „ Zu einigen Selbsttötungen musste ich fahren. Ein älterer Mann hatte sich am Waldesrand erhängt, - vorher einige Flaschen Bier getrunken, - die vielen Fliegen, - kein schöner Anblick."

„Ein anderer hatte irgendein Gift genommen, wurde in seinem Auto in einem Waldweg gefunden, bereits stark verwest bei sommerlicher Hitze, auch kein schöner Anblick."

„Ich hatte keinen einzigen Suizid bei einer Frau, aber an

drei junge Männer kann ich mich erinnern, einer war depressiv, die anderen beiden waren geistesgestört."

„Kurios die Geschichte eines an Schizophrenie Leidenden: Er erzählte oft davon, dass er mit hohen politischen Persönlichkeiten im Nahen Osten Kontakt habe und diese ihm irgendwelche Aufträge gäben.

An seinem Todestag, übrigens seine Mutter hatte sich auch lange vor meiner Zeit suizidiert, rief mich sein Vater an, ein Handwerksmeister, der Sohn hätte sich auf dem Dachboden einer Scheune erhängt.

Ich bat diesen gleich, die Polizei zu verständigen.

Als ich eintraf, hatten die beiden Beamten das Seil schon abgeschnitten und den Toten bereits auf den Boden gelegt.

Ich untersuchte den etwa 25-Jährigen sehr genau, um einmal den Beamten meine Kompetenz zu zeigen und andererseits wollte ich natürlich keinen Mord übersehen.

Soll ja schon vorgekommen sein, dass man dann

als unfähiger Leichenschauer in der Presse erwähnt

wird. Ich war dann auch als junger Arzt stolz über das

Lob der Kriminalbeamten."

„Der Selbstmord eines kaum 35-jährigen Ehemanns,

Vater zweier Kinder im Grundschulalter, hat mich mehr

belastet. Er war wegen Depressionen, oder auch wegen

einer *schizoiden Psychose* seit kurzem beim Nervenarzt

in Behandlung.

Trotz Medikation hat er sich erhängt. Er stieg mit einer

Leiter unter das Dach einer Maschinenhalle, schlang ein

Seil um einen Balken und seinen Hals und stieß dann

die Leiter unter seinen Füssen weg.

Die Freiwillige Feuerwehr holte ihn da runter, aber

der Notarzt konnte natürlich nichts mehr ausrichten.

Ich wurde 2 Stunden später zur Leichenschau gerufen und musste die ganze Familie, einschließlich Großeltern betreuen. Ein Krisenteam wurde auch noch eingesetzt. Das sind schon die unangenehmen Aufgaben eines Hausarztes, - kommen aber nicht so oft vor."

„Wir hatten hier in der Region vor der Zeit des Airbags etliche tödliche Autounfälle, bei denen ich häufig im Einsatz war. -

Oft spielten Alkohol und Drogen eine verhängnisvolle Rolle. -

Auch einige tödliche Motorradunfälle habe ich miterlebt. Ein junger Mann auf seinem Moped hier aus der Straße wurde von einem Autofahrer übersehen. Die Eltern des Getöteten zu betreuen war schon sehr emotional."

„Jetzt übernehmen ja, Gott sei Dank, die jüngeren Notärzte diese Einsätze", warf Alexander ein.

Es war schon unglaublich mit welchen dramatischen Erlebnissen man in einem Arztleben konfrontiert sein konnte.

„Und wann hatten Sie beschlossen, überhaupt Arzt zu werden ?", fragte Alexander nach.

„Ich wollte in meiner Jugend nie Arzt werden, schon gar nicht Hausarzt mit den langen Arbeitszeiten.

Mein Vater war ja als Landarzt für mich kein Vorbild."

„Ach so, Sie sind Ihrem Vater dann doch nachgefolgt?", war Alexander erstaunt.

„Nein, das war ganz anders. Mein Vater war Landarzt."

„Mein älterer Bruder hat die Praxis meines Vaters mit Wohnhaus, ca.100 km von hier, übernommen. Ich habe auf mein Erbteil später verzichtet, da es mir persönlich finanziell wesentlich besser ging. Er musste sich noch mit unseren beiden Schwestern herumstreiten, da sie die Region mit dem Starnberger See verwechselt haben und meinten, sie könnten meiner Bruder ausnehmen wie eine Weihnachtsgans. Er musste sich eine Wohnung nehmen und meinem Vater eine Ablöse für die Praxis zahlen und zusätzlich die Miete für die Praxis, da unser Vater noch im 1.Stock des Hauses bis zu seinem Lebensende wohnte.

Der Grundriss war so schlecht, dass er die Praxisräume an einen Fremden gar nicht hätte vermieten können. Aber er verlangte die volle Miete, von der auch indirekt meine Schwestern profitierten. Das Thema ist inzwischen erledigt."

„Und Sie sind dann trotzdem auch noch Arzt geworden!", unterbrach Alexander.

„Ja, da ist meine Frau und die Bundeswehr dran Schuld. Sie wollte als angehende Lehrerin einen Akademiker, so dass ich dann doch noch das Abitur nachholte wegen der Liebe, nachdem ich eigentlich nach der 11.Klasse aufgeben wollte. Dann musste ich zur Bundeswehr und ging nach der Grundausbildung in den Sanitätsdienst, wo mich die Medizin dann doch so interessierte, dass ich dieses Fach anschließend studierte."

Nach einer kurzen Verschnaufpause fuhr er fort:

„Meine Frau, als bald fertige Lehrerin, hat mich dann finanziell und moralisch stark unterstützt und wir konnten unsere Praxis auch wegen ihres Erbes finanzieren. Meine Frau war also der größte Glücksfall meines Lebens, - in jeder Hinsicht."

„Nach der Geburt unserer Söhne wollte meine Frau gerne bald wieder als Lehrerin arbeiten und wir konnten uns wegen der guten Praxiseinnahmen für den Vormittag immer ein Kindermädchen leisten. Eine Großmutter hatten wir nicht am Ort, da meine Frau aus Baden - Württemberg stammt."

Seine Frau sah ihn liebevoll an.

Alexander kehrte spät nach Mitternacht nach Hause zurück. Er konnte ja ausschlafen, da er zur Zeit nicht arbeitete. Lisa öffnete bei seiner Ankunft kurz ein Auge und schlief weiter.

Er lag noch eine Zeitlang wach, um alle Informationen zu verarbeiten, aber der Schlaf hatte ihn bald übermannt und Lisas Wecker, der um 7 Uhr summte, hörte er nicht.

In den nächsten Tagen kümmerte er sich wieder um sein „Salbengeschäft", das im Moment etwas stagnierte, aber vielleicht lag es am Herbstklima.

Bald musste er sich geistig mit dem Angebot Dr. Mayers auseinandersetzen, das ihn nicht mehr losließ.

Die nächste Praxisvertretung war für die ersten beiden Dezemberwochen geplant, die Feiertage wollte er mit Lisa genießen.

Tagelang zermarterte er sich das Gehirn über Für und Wider einer Praxisübernahme durch ihn, der gar kein approbierter Arzt war.

An manchen Mittwochabenden wurden für die Ärzte Fortbildungsveranstaltungen abgehalten. Alle fünf Jahre musste man 250 Fortbildungspunkte nachweisen, ansonsten wurde das Honorar reduziert oder man verlor die Zulassung als Vertragsarzt für die Gesetzlichen Krankenkassen.

Eine erstaunliche Einrichtung im Sozialgesetzbuch.

Alexander als Hausarztvertreter hielt sich bei den Diskussionen eher zurück, um nicht aufzufallen. Am meisten interessierten ihn die Neuerungen auf dem Gebiet der *Diabetologie*, da hier die größten Fortschritte in den letzten Jahren erzielt wurden.

Und es gab anscheinend immer mehr Zuckerkranke.

Im Anschluss gab es immer einen Imbiss und man konnte sich im Ärztekreis noch über verschiedene Themen unterhalten.

Das Hauptthema war die zunehmende Bürokratie, die schlechte Bezahlung der Gesetzlichen Krankenkassen und die ständige Bedrohung durch Regresse.

Der Arzt musste persönlich mit seinem Privatvermögen für sämtliche Maßnahmen wie Medikamente, Heil- und Hilfsmittel und Physikalische Therapien, die er seinen Patienten rezeptierte, haften.

Eine Unrechtsmaßnahme, die es in keinem anderen Land der Welt gab, wie die Ärzte monierten.

Das Sozialgesetz stand anscheinend über dem BGB, dem Bürgerlichen Gesetzbuch. Das war ja unerhört, wo steuern wir da hin, dachte sich Alexander.

„Die Praxisgebühr von 10 Euro, die wir nun jahrelang für die Kassen kostenlos eingesammelt haben, soll ja bald wegfallen. Ein erster Schritt weg von diesen bürokratischen Schikanen", sagte ein Kollege.

„Diese Verbrecher werden sich schon wieder was Neues einfallen lassen, uns zu ärgern", sagte ein anderer.

„Ich überweise so viel wie möglich zu den Fachärzten, um mein Budget einzuhalten. Ich halte meinen Kopf nicht mehr hin. Die Regresse sind ja 2 Jahre rückwirkend, da kannst du als alter Hausarzt noch als Rentner belangt werden."

„Die Gesundheitsminister der letzten Jahre kannst du alle in einen Sack stecken und mit dem Prügel draufhauen – du triffst immer den Richtigen."

Manche Kollegen kamen so richtig in Fahrt.

„In vielen Bereichen auf dem Land haben schon einige Hausärzte ihre gut gehenden Praxen nicht verkaufen können, - jetzt folgen schon einige in den Städten", sagte ein anderer in die Runde, „wie ist das möglich?"

„Das kommt auf die Zusammensetzung der Patienten an, hat man wenige Patienten, die in einer Privatkasse versichert sind, kannst du keine Quersubventionierung betreiben und von den Kassenpatienten alleine kannst du nicht gut leben."

„Ihr wisst ja, wie hoch unsere Praxisunkosten sind. Und ohne gutes Personal, das was kostet, läuft die Praxis nicht."

„Ich habe vor kurzem einen Regress über ca. 4000 Euro für verschriebene physikalische Therapien von vor zwei Jahren erhalten. Und natürlich Widerspruch eingelegt. Jetzt überweise ich Patienten, die dies benötigen nur noch zum Orthopäden.

Sollen die sich mit der Prüfungsstelle rumärgern.

Ich zeige meinen Patienten dann jedes Mal den Regress-Bescheid.

Die können das nicht fassen und schütteln dann nur den Kopf.

Nochmals Arzt in Deutschland - Nein Danke!"

„Das ehemals beste ambulante Gesundheitssystem der Welt wird kaputt gemacht!"

„In letzter Zeit habe ich den Eindruck, dass dies so von gewissen Interessengruppen geplant ist, - und die Politiker machen da mit."

„Das läuft auf Planwirtschaft hinaus und die Bonzen wollen abzocken! Wir an der Basis erhalten immer weniger Geld!"

„Kein Wunder, dass kein junger Arzt mehr eine Hausarztpraxis übernehmen will."

„Die kollegoiden Funktionäre in der *Kassenärztlichen Bundesvereinigung* wollen bewusst zahlreiche ärztliche Existenzen vernichten", warf einer ein.

„Genau so ist es. Die kleinen Praxen sollen

ausgetrocknet werden. Dann hat die *KBV* mit ihrer *Patiomed AG* das Sagen!"

„In unseren Krankenhäusern fehlen schon etliche deutsche Ärzte, da kannst du deinen Patienten nur empfehlen das deutsch-rumänische Wörterbuch mitzunehmen!"

„Inzwischen sollen 19000 deutsche Ärzte, die hier mit deutschen Steuergeldern ausgebildet wurden, im Ausland arbeiten, weil die hier in Deutschland die Nase voll haben."

„Da fehlen dem deutschen Staat dann auch noch die Steuereinnahmen. Die Schweizer freuen sich über die deutschen kostenlosen Ärzte. Ist ja egal, die Deutschen haben´s ja."

„Habt Ihr schon gehört, jetzt wollen sie nicht einmal mehr die Notärzte anständig bezahlen. Jetzt bin ich gespannt, ob die zum Streik in der Lage sind und zur

Arbeit nicht mehr antreten", warf ein anderer ein.

„Die bayerischen Hausärzte waren ja zu feige, 2010 alles hinzuschmeißen. Jetzt bekommen sie die Quittung", warf ein älterer Kollege ein.

„Die Quittung werden die Patienten bekommen, wenn es immer weniger freiberufliche Ärzte gibt; das läuft auf Planwirtschaft hinaus, die haben wohl nichts aus der Vergangenheit gelernt."

„Oder vielleicht doch, die politischen Fehlentscheider bekommst du ja nicht zu fassen, die haben nach ihrer politischen Karriere immer noch gute Jobs bekommen."

„Jahrelanger Lobbyismus macht sich halt bezahlt. Da kannst du einen nach dem anderen aufzählen."

„Ich denke auch, dass unsere Funktionäre, unsere angeblichen Vertreter, mit denen unter einer Decke stecken. Nach dem alten Motto: Halt Du sie dumm, ich halt sie arm!"

„Es ist schon unglaublich, was die deutschen, niedergelassenen Ärzte mit sich machen lassen."

„Viele von uns sitzen in der Ethikfalle und wollen ihre langjährigen Patienten nicht im Stich lassen!", antwortete ein weiterer Kollege.

„Viele von den Kollegen mittleren Alters haben für Geräte wie Ultraschall, Belastungs- und Langzeit-EKG erhebliche Summen investiert, was nicht adäquat honoriert wird. Und diese sitzen noch auf den Schulden und leben jetzt mehr oder weniger von der Hand in den Mund."

„Ich kann euch nur raten, nichts mehr in die Praxis zu investieren. Das amortisiert sich nicht mehr", entgegnete ein anderer.

„Die älteren Kollegen können sich ab 2013 vom Bereitschaftsdienst befreien lassen, dann wird es für den Rest noch beschissener!"

„Und auch für die Patienten, denn die Anfahrtswege werden erheblich weiter!"

„Die bisherige, gute hausärztliche Versorgung auf dem Lande ist zum Tode verurteilt, denn kein junger Arzt geht unter diesen wirtschaftlichen Bedingungen auf das Land. Viel Arbeit, viel Anerkennung, aber wenig Geld und viel Regress!"

„Da können sie noch so viele neue Lehrstühle für Allgemeinmedizin schaffen, die Jungen sind nicht so blöd in unsichere Zeiten zu investieren."

„Die Politiker kapieren`s nicht, oder ist das doch Absicht?"

„Kann schon sein – manche Kollegen behaupten, die wollen den bisherigen freiberuflichen Arzt komplett abschaffen. Wir sind schon auf dem Wege zur Planwirtschaft. Zur Staatsmedizin. Die wollen den *Hausarzt vom alten Schlag* abschaffen."

„Bei uns kommt das wie in Holland oder England schon vor 20 Jahren: Dort wurden die frei niedergelassenen Facharztpraxen finanziell ausgehungert."

„Jetzt gibt es nur noch ein Primärarztsystem mit Hausärzten. Fachärzte gibt es nur noch an Kliniken und Zentren im Angestelltenverhältnis. Mit erheblichen Wartezeiten für Patienten!"

„Bisher war es so, dass ein Deutscher, wenn er in Holland krank wurde, schnell nach Deutschland zurückfuhr. Das bringt dann auch nichts mehr."

„Wegen der *Euro-Krise*, der Konflikte im Bereich des Balkans, Südeuropas, Nahen Ostens und der miserablen wirtschaftlichen Verhältnisse in Osteuropa und der geplanten Zuwanderung von Kriegs- und Wirtschafts-flüchtlingen nach Deutschland kommen aber auch mehr Ärzte aus diesen Ländern zu uns."

„Die ausländischen Ärzte werden für weniger Geld arbeiten als wir Einheimischen."

„Kann schon sein, - und die fehlen dann in ihrer Heimat."

„Und die Heuschrecken an den Schalthebeln der Macht bei uns werden dann absahnen."

„In vielen Krankenhäusern in Ostdeutschland stammen schon über die Hälfte des ärztlichen Personals aus Osteuropa und dem nordafrikanischen Mittelmeerraum. Ärzte aus Tschechien, Polen, Ex-Jugoslawien, Ukraine, Russische Föderation usw., die gehen dann vielleicht aufs Land. Für die ist hier das Paradies, oder?"

„Wir werden eine erhebliche Veränderung in der ärztlichen Basisversorgung bekommen. Die Billigstversorgung der breiten Masse auf dem Land wird bleiben, denke ich."

„Ja, die fachärztliche Versorgung wird es dann nur noch

in den Krankenhäusern von spezialisierten Kollegen geben."

„Also stellt Euch darauf ein. Wenigstens die, die von uns noch übrig bleiben."

„Sind wir froh, dass wir schon so alt sind. Ich hatte vor kurzem eine Assistenzärztin an der Strippe, die kam aus der Mongolei. Es ging um eine Patientin von mir.

Die Verständigung war wirklich schwierig.

Mit schlechtem Deutsch und vor allem ohne Verstehen des Dialekts wird das hier schon nicht so einfach für Arzt und Patienten. Da kann es einige Missverständnisse geben – mit gesundheitlichen Konsequenzen!"

„Den Politikern sind die Menschen doch egal, da werden dann halt Renten eingespart, - sozialverträglich!"

war eine zynische Entgegnung.

„Und unsere Ärztefunktionäre glauben denen noch - oder stecken die mit denen doch unter einer Decke ?"

„Die *Heinrich-Böll-Stiftung* erlaubte sich zum Gesundheitssystem auch ihren Senf dazu zu geben. Der Arzt als Kapitän sei nicht mehr zeitgemäß. Sie wollen Versorgungsnetze auf dem Land!"

„Aber mit welchen Ärzten?"

„Man sollte unter den heutigen Bedingungen froh und dankbar sein, wenn es überhaupt auf dem Land noch einen Arzt gibt!"

„Bei einem Durchschnittsalter von fast 60 Jahren sind diese Überlegungen von denen nicht zeitgemäß. In ein paar Jahren ist auf dem Land sowieso alles vorbei. Nur noch ein paar Dinos, die noch arbeiten können oder wollen, werden da sein."

Ein anderer wurde richtig scharf: „Dieser Sesselfurzer, der sich Professor nennt, ein so genannter Gesundheitsökonom, ist seit Jahren der Totengräber der ambulanten medizinischen Versorgung in unserem Lande.

231

Dieser Typ hat eine Mitverantwortung für das sozial verträgliche Frühableben zu Gunsten der großen *Kranken* Kasse. -

Diese suhlt sich wie ein Wildschwein in den Zwangsbeiträgen. -

Die Bürokraten haben sich nach dem *Peter-Prinzip* ihre Pöstchen selbst geschaffen."

„In der Medizin wollen sie eine Planwirtschaft, in allen anderen Bereichen funktioniert nur die Marktwirtschaft. Das kann nicht gutgehen."

Alexander musste sich anstrengen, den Ausführungen folgen zu können.

Es ging weiter mit dem Thema Ärzte und Strafrecht.

„Mit dem Sozialgesetzbuch V ist für uns Vertragsärzte in Deutschland das Rechtsstaatsprinzip, das den Einzelnen vor Mobbing und Willkür durch staatliche Behörden schützen soll, praktisch ausgeblendet."

„Das Beispiel sind die ständigen Regressandrohungen der Prüfungsstelle Ärzte in Regensburg und Nürnberg. Die sogenannten Wirtschaftlichkeitsprüfungen bei Medikamenten- und Heilmittelverordnungen."

„Der Höhepunkt waren die 2002 von der ehemaligen KBW-Aktivistin Ulla Schmidt, jetzt SPD, als Bundesgesundheitsministerin eingeführten Richtgrößenprüfungen."

„Unglaublich welch wirre Personen bei uns an politische Macht kommen."

„Wer als Kassenarzt in die Mühlen der Prüfverfahren gerät, kann es gar nicht glauben, dass man als unbescholtener Arzt in Deutschland weniger Grundrechte hat als ein verdächtigter Kinderschänder."

„Das rechtsstaatliche Prinzip wird im SGB V einfach außer Kraft gesetzt."

„Auch die FDP hat es in der letzten Regierung nicht geschafft, liberale rechtsstaatliche Grundlagen durchzusetzen. Der bürokratische Moloch *Deutsches Gesundheitssystem* hat sich weiter als totalitärer Staat im Staate verselbständigt."

„Auch die Presse lässt sich vor deren Karren spannen. Ärztebashing macht Spaß und soll die Auflagen der Zeitungen erhöhen. Der Patient wird es ausbaden müssen."

„Unser *Herr* Ministerpräsident, dieser berühmte Wendehals, ein Realschüler mit Bürokratieausbildung und vor Jahren auch schon mal Gesundheitsminister, und sein letzter bayerischer Gesundheitsminister, sind bei uns in Bayern die Totengräber der bisherigen guten hausärztlichen Versorgung," warf ein Landarzt ein.

„Als im Dezember 2010 ein großer Teil der Hausärzte die Arbeit wegen der schlechten finanziellen Bedingungen und der ständigen Regressbedrohungen niederlegen und die Kassenzulassung zurückgeben wollte, hat die Bayerische Staatsregierung in großseitigen Anzeigen in den Tageszeitungen die Ärzte davor gewarnt, - jetzt ernten sie die Früchte, da kaum jemand mehr Hausarzt werden will."

„Und der Steuerzahler hat die Anzeigen bezahlt!"

„Ja, diese Verbrecher tragen die Schuld an der kommenden Misere."

„Dann fahren die Patienten halt in die Städte, Sprit kostet ja nichts und die Umwelt wird`s schon verkraften", warf ein anderer zynisch ein.

„Leider haben viele Hausärzte in den Städten, die ihre Praxis durch Quersubventionierung durch Privatpatienten über Wasser halten, an dem geplanten Streik nicht teilgenommen."

„Und etlichen jüngeren Ärzten, die noch auf Schulden

sitzen, fehlte einfach der Mut", sagte ein anderer.

„Aber die ganz *neue* Ärztegeneration ist nicht so blöd, diese erwarten nach einer so langen Ausbildung und einer so hohen Qualifikation, wie in anderen hoch qualifizierten und verantwortungsvollen Berufen auch, für ihre Arbeit ebenso ein angemessenes hohes Gehalt. Ist doch logisch."

„Wenn sie das nicht bekommen, gehen sie eben dorthin, wo man ihre Arbeit auch finanziell zu schätzen weiß. So einfach ist das in der Marktwirtschaft."

„Der neue Ärztepräsident, den wir von der Basis nicht gewählt haben, ist auch so ein Hohlkopf, - alle möglichen Ideen fallen dem ein, der hat immer sein Gehalt bezogen und will uns Freiberuflern sagen, wie man den Funktionären ihre Pöstchen erhalten kann. Wer keine Ahnung hat, wie es in der freien

Marktwirtschaft funktioniert, soll einfach mal die Klappe halten!", empörte sich eine Ärztin.

„Jeden Tag macht eine Hausarztpraxis ohne Nachfolger zu und die Politiker und Funktionäre erfinden immer neue sinnlose Lösungsideen. Das Durchschnittsalter der Hausärzte geht gegen 60, die Alterspyramide der niedergelassenen Fachärzte hinkt nur um einige Jahre hinterher."

„Die Tendenz ist weg vom Generalisten hin zum Spezialisten. Da sind lange Wartezeiten programmiert."

Ein Facharzt warf ein: „Vor circa 20 Jahren waren die Aussichten auf Selbständigkeit und auf eine gute wirtschaftliche Situation die Motivation auf eine Niederlassung in eigener Praxis. Diese Motivation gibt es nur noch für wenige Spezialbereiche.

Vor Jahren waren es die Hausärzte mit erheblicher Arbeitsbelastung, die über eine mangelnde wirtschaftliche Situation klagten. Nun hat sich diese Lage auch bei den für die Grundversorgung zuständigen Fachärzten dramatisch verschärft."

„Ja richtig, die Leistungen dieser Fachgruppen im System der Gesetzlichen Krankenversicherung werden so schlecht vergütet, dass es ohne Privatpatienten kaum gelingt, diese Praxen betriebswirtschaftlich rentabel zu führen."

„Aber unsere Verhandlungsführer haben sich bei den Honoraren von Politik und Kassenführern über den Tisch ziehen lassen."

„Richtig, unseren Funktionären kann es ja egal sein, sie werden von uns ja bestens honoriert und gehen vorzeitig mit einer Pension, die einem Umsatz einer durchschnittlichen Hausarztpraxis entspricht, aus Gesundheitsgründen in den Ruhestand. Eine Riesen Sauerei ist dieser Selbstbedienungsladen in Berlin!"

Alexander erkannte, dass gerade die Praxen, die wenige Privatversicherte hatten, keinen großen Gewinn machten.

Da war das Risiko für eine Niederlassung in eigener Praxis, wo man mit den Jahren seine Kredite tilgen musste für den einzelnen zu unüberschaubar.

Es sie denn man hatte geerbt, und dann wäre man blöd.

„Arzt in Deutschland, insbesondere Kassenarzt, ist nur noch was für Masochisten. Massenhaft Vorschriften, wenige Rechte, miese Bezahlung und ständige Regressbedrohung, weil man angeblich wieder zu viel verschrieben hat."

„In einigen Jahren, wenn tausende Ärzte ausgeschieden sind, können sich die Menschen ihre Diagnosen im Internet selbst stellen und sich dort behandeln lassen", warf einer ein.

„Wer von den Jüngeren intelligent ist, und das müssten die Einser-Abiturienten sein, sucht sich frühzeitig was besseres."

Ein Landarzt: „Der Hausarzt um die Ecke, insbesondere auf dem Land ist eine aussterbende Spezies. Einer nach dem anderen findet keinen Nachfolger."

„Erst waren es die neuen Bundesländer, dann kamen gewisse norddeutsche Regionen dazu. Jetzt hat es sogar schon viele Regionen unseres schönen Bayernlandes erreicht. Die ehemals hervorragende medizinische Versorgung bröckelt von den Rändern her ab."

„Die Juristen, Funktionäre und Bürokraten haben das Geld umgeleitet, was jetzt den Grundversorgern vorenthalten wird."

„Wir Ärzte können nur zuschauen, wie unsere medizinische Welt um uns herum kaputt gemacht wird."

„Staatsmedizin und Konzernmedizin sollen uns bald ersetzen."

„Die *big player* werden den 300 Milliarden-Gesundheitsmarkt unter sich aufteilen."

„Die Politik hat sich immer mehr aus der Verantwortung für ihre Bürger verabschiedet. Jetzt kommen schon zynische Worte aus dem aktuellen Bundesgesundheitsministerium. Man braucht einen Sparkurs bei der medizinischen Versorgung seiner Bürger, aber man ist zu feige, dafür gerade zu stehen."

„Richtig, sagen sollen es den Patienten wir Ärzte, man will ja keine Wählerstimmen verlieren."

„Der Wähler ist noch dümmer, als der Politiker zu glauben meint, ist wahrscheinlich doch einer der wichtigsten Grundsätze, die Politiker als erstes lernen."

„Richtig, die wollen zwar Einfluss nehmen auf alle

Entscheidungen, aber wollen dann nicht die Verantwortung übernehmen für den verwaltungs-technischen Unsinn, der dann dabei herauskommt."

Eine Ärztin warf ein: „In Zukunft sollen ja die Frauen, die fast 70 Prozent der Studienplätze in Medizin innehaben, die medizinische Versorgung sicherstellen."

„Frauen als so genannte *Trümmerfrauen* des Medizinsystems, in Medizinischen Versorgungszentren angestellt, niedrig bezahlt, - da werden sich die Politiker aber täuschen."

„Früher litten die Menschen an vielen Verbrechen, heute an den vielen Gesetzen, hat schon mal ein griechischer Philosoph gesagt, - das trifft für heute extrem zu."

„Wenn wir freiberuflichen Ärzte nicht alle gemeinsam den Krempel hinschmeissen, wird sich nichts ändern, - den Bürokraten und Juristen macht es Spaß die ehemaligen

Einser-Abiturienten zu schikanieren!

Aber das wird nie klappen, weil es einigen

Fachrichtungen einfach noch zu gut geht."

„Also kann der Einzelne von uns die Konsequenzen für

sich selbst nur ganz individuell alleine ziehen."

Wie es hier bei den Ärzten gegen die Politik und die

Kassenbürokraten, selbst gegen die eigenen

Ärztefunktionäre rumorte, war Alexander bisher nicht

bekannt. - Das war ja unglaublich !

An einem weiteren Mittwochabend wollte Alexander mal wieder richtig „Bayrisch Essen" gehen.

Er schlenderte durch das Städtchen und hatte von außen einen guten Eindruck von einer kleinen Gaststätte nahe der Kirche.

Nach Studium der Speisekarte, im Schaukasten neben der Eingangstüre, trat er durch den Windfang aus schweren Vorhängen in die gute Stube.

Es waren nur sieben Tische in dem Gastraum. Rechts in einer Ecke befand sich die Theke. Die Einrichtung erschien ihm über hundert Jahre alt zu sein.

Holzgetäfelte Wände, alte Holztische und Holzstühle, karierte Tischdecken, alte Bilder, schwaches Licht.

Er erkannte schnell, dass alle Tische besetzt waren. An der Theke gab es vier leere Barhocker. Er ging in deren Richtung. Eine weibliche Bedienung mittleren Alters wandte sich ihm zu:

„Kann ich Ihnen helfen, möchten Sie was essen?"

„Ja, aber ich sehe, dass alle Tische besetzt sind",

entgegnete Alexander.

Sie schaute in die Runde. „Bei unserem Herrn Pfarrer

wäre noch Platz, wenn es Ihnen Recht ist, -

ich frage ihn mal."

Alexander sah einen Mann, der alleine vor einem Glas

Wein an einem Nischentisch saß und freundlich in seine

Richtung blickte.

„Der Herr kann sich gerne an meinen Tisch setzen."

Er hatte das Zwiegespräch mit dem neuen Gast in dem

relativ kleinen Raum schon mitbekommen.

„Ja, sehr freundlich", entgegnete Alexander, „ich habe

schon einen ziemlich großen Hunger."

„Hervorragende Küche hier, wie zu Hause bei Muttern!",

sagte der Geistliche.

Zu einem alkoholfreien Bier bestellte sich Alexander

einen Kalbsnierenbraten mit einem schönen Salatteller,

was er schon beim Eintritt bei einem anderen Gast

gesehen hatte, - und ihn angemacht hatte.

Während des Wartens auf Getränk und Speise kam die

Unterhaltung langsam in Gang.

Alexander erzählte, dass er hier eben zur Zeit der

Hausarztvertreter einer Praxis am Ort sei. Der Pfarrer

kannte natürlich diese Arztpraxis, den Inhaber, die

Mitarbeiter und alles drumherum, wie es in einem

kleineren Ort so üblich war.

Alexander hatte sich in seinem Leben noch nie mit einem

katholischen Priester unterhalten, er hatte seine

Vorurteile, geschürt von Stammtischsprüchen und

Witzen über den Klerus.

Alexander war nicht getauft und hatte in der Schule nur

am Ethik-Unterricht teilgenommen, in dem man alle

Weltreligionen gestreift hatte.

So war es für ihn plötzlich doch mal interessant, wie ein Pfarrer sich so im Privatleben, ausserhalb des Dienstes, benimmt.

Rein äußerlich, wie hier in Zivilkleidung, hätte er ihn nicht als solchen identifiziert.

Dieser hier machte einen netten Eindruck und so hatte Alexander nicht die Absicht, sich schnell wieder auf den Heimweg zu machen.

Nach dem Essen prosteten sie sich zu und der Pfarrer bestellte sich ein weiteres Glas vom Hauswein.

„Trinken Sie nur *alkoholfrei*, Doktor?", fragte er.

„Ja, ich bin Sportler und auf meinen Führerschein angewiesen, ich habe mir das nie angewöhnt", antwortete Alexander.

Jetzt wollte er den Geistlichen doch ein bisschen aus der Reserve locken, da er neben seinen Vorurteilen doch einige negative Dinge aus der Kirche mitbekommen hatte.

„Sagen Sie mal, Herr Pfarrer, warum treten in letzter Zeit
so viele Menschen aus der Kirche aus, besonders der
Katholischen?

Ist es nur die Kirchensteuer oder sind es noch andere
Dinge?"

Der Pfarrer machte ein nachdenkliches Gesicht.

„Da spielen sicher mehrere Faktoren eine Rolle",
erwiderte er.

„Sie denken sicher an die Pressemeldungen von Kindes-
missbrauch *et cetera*."

„Ja, was man halt so hört und liest." Alexander wartete
auf mehr.

„Leider hat es das wohl gegeben, ich persönlich kenne
keinen Fall in meiner Region.

Es gibt halt leider auch bei uns „schwarze Schafe", -
allerdings ist die *Pädophilie oder Päderastie*
anscheinend eine Krankheit, die nicht heilbar ist.

248

Das gibt es ja aber auch ausserhalb der Kirche.

Sogar bei den Ärzten, wie man in letzter Zeit auch

in der Zeitung gelesen hat. Einen krassen Fall gab

es in England, wo sich ein Krebsspezialist an

schwerkranken Kindern vergangen hat. Der Richter

bezeichnete die Taten des Mediziners als eine der

schlimmsten vorstellbaren Formen des sexuellen

Missbrauchs."

„Ich habe dies auch so gehört", sagte Alexander, „aber die

Bischöfe, oder Vorgesetzten Ihrer Kirche haben dies

anscheinend jahrelang ignoriert oder vertuscht."

„Ja, leider, das ist mir auch so zu Ohren gekommen" ,

sagte der Pfarrer und nahm einen kräftigen Schluck.

Alexander wurde nun mutiger.

„Wie sind *Sie* zu diesem Beruf überhaupt gekommen?",

fragte er.

„Meine Eltern haben den Beruf für mich ausgewählt, sie

hatten eine Landwirtschaft im Allgäu und da war es so Brauch, dass ein weiterer Sohn aufs Gymnasium und auf das Priesterseminar geschickt wurde. Und mir hat es gefallen, ich wollte unserem Herrn dienen. Nun bin ich schon 35 Jahre Pfarrer und 30 Jahre hier am Ort", sagte er etwas salbungsvoll.

Alexander dachte bei sich, dass der Geistliche schon im Rentenalter sein könnte.

Als hätte dieser seine Gedanken gelesen: „Ich erwarte schon bald einen Nachfolger mit Sehnsucht, denn die Gemeinde ist recht groß, die Arbeit nicht wenig und ich bin auch nicht mehr der Jüngste", fuhr dieser fort.

Wie viele der katholischen Pfarrer, die ja nicht heiraten durften, waren wohl schwul oder waren sie von klein an impotent, oder gar polygam, fragte sich Alexander. Sie mussten ja nicht treu sein.

Er hatte viele sonderbare Geschichten gehört, die meisten nur aus dritter Hand.

Eine Geschichte hatte er als Hausarztvertreter aber direkt miterlebt.

Ein über 75-jähriger Mann war bei seinem Hausarzt wegen Depressionen seit vielen Jahren in Behandlung.

Über sein Problem konnte er persönlich mit niemandem sprechen. Aber das ganze Dorf wusste von seinem Drama.

Der damals ca. 40-jährige Pfarrer seiner Gemeinde hatte vor 30 Jahren mit der Ehefrau des Patienten über einige Jahre ein sexuelles Verhältnis. Und damit nicht genug. Auch seine 16-jährige Tochter wurde „Opfer" des Pfarrers.

Dieser hatte als „Vertrauensperson" seine Stellung schamlos ausgenutzt.

Die Sache flog auf und der Priester wurde versetzt. Er

soll sich solche Fehltritte schon vorher an anderen Orten geleistet haben.

Der inzwischen alte Patient konnte diesen Vertrauensbruch sein Leben lang nicht verwinden und sich nur mit Psychopharmaka am Leben erhalten.

Er lebte immer noch mit seiner Frau unter einem Dach zusammen.

Alexander wollte noch mehrere Fragen stellen:

„Der Glauben an einen Gott oder Götter besteht doch schon seit Jahrtausenden, - die alten Griechen hatten für alle Naturwunder Götter und einen obersten Gott, den Zeus.

Die Menschen glaubten damals ja auch noch, dass die Erde eine Scheibe sei, über der sich ein Himmelszelt befand und Sonne, Mond und Sterne auf sie herabsahen.

Das ist mir verständlich, da es noch keine Raumfahrt gab." Er fuhr fort:

„Und später wussten sie, dass die Erde eine Kugel ist.

Viele Jahrhunderte glaubten sie, dass die Sonne um die

Erde kreist, - dann erkannten sie, dass nicht die Erde,

sondern die Sonne der Mittelpunkt unserer Galaxis ist.

Wie kann man da heute noch an einen Gott glauben?"

Der Pfarrer antwortete:

„Es ist richtig, für den modernen Menschen ist es

schwer, an einen Gott, einen Schöpfer des Universums,

zu glauben.

Das war früher einfacher.

Wo ist der Himmel und wo ist Gott?

Die Antwort hängt davon ab, ob Sie einen Astronomen

oder einen Vertreter der Kirche fragen."

Alexander fiel ihm ins Wort:

„Und was sagt die heutige Religion?"

Er erhielt folgende Antwort:

„Im christlichen Weltbild ist der Himmel der Ort, an dem

sich Gott befindet und ebenso der Ort, zu dem die Seelen der Verstorbenen streben."

„Seit die Wissenschaft immer weitere Teile des Weltalls durchdringt, wird postuliert, dass es sich beim Himmel lediglich um ein Sinnbild handelt", fuhr der Priester fort, und sagte:

„Der Himmel ist der Ort und Zustand unendlicher Glückseligkeit. - Und Gott existiert nicht wie ein Objekt in Raum und Zeit, das sich naturwissenschaftlich erforschen und beweisen lässt."

Alexander war hier etwas überfordert:

„Bleiben wir nur mal beim Christentum, im Islam oder bei den Juden ist einiges ja wieder anders, aber jeder beansprucht die Wahrheit für sich.

Und nur wer an *diese* Wahrheit glaubt, kommt ins Paradies", gab Alexander zu bedenken, und weiter:

„Die Astronomie und Kosmologie hat – gemessen an der

Geschichte des Universums und der Menschheit – in kürzester Zeit eine rasante Entwicklung durchgemacht. Angefangen vom Weltbild des Ptolemäus, der große griechische Mathematiker und Astronom, dessen Weltbild ungefähr im Jahre 120 nach Christus entstanden und bis ins 16.Jahrhundert Bestand hatte. Und dann, als dies durch die Entwicklung des Weltbildes von Kopernikus vor etwa 500 Jahren abgelöst wurde, sind bis zum heutigen Stand gerade in den letzten Jahrzehnten enorme Entdeckungen gemacht worden."

Alexander kam so richtig in Fahrt, da er dies erst vor kurzem alles gelesen hatte:

„Da muss sich die Kirche ja schwer tun! Allein die Zahlen, dass der Mond ca. 385.000 km von der Erde entfernt ist und die Sonne 150 Millionen km von uns, muss die Menschen schon zum Nachdenken bringen. Sie wissen ja sicher wie schnell die Lichtgeschwindigkeit ist?

Ca. 300.000 km pro Sekunde!

Das kann kein Mensch sich vorstellen. Wenn der liebe

Gott das Sonnenlicht ausmacht, ist es in 8 Minuten und

19 Sekunden bei uns auf der Erde dunkel!"

Alexander lächelte zu seinen Ausführungen.

Der Pfarrer antwortete: „Auch ich habe meine Zweifel. Ich

habe mich mit der Astronomie, genauso wie viele andere

Menschen auch, beschäftigt.

Die Astrophysiker haben errechnet, dass das Universum

rund 13,7 Milliarden Jahre alt sei. Der nächste Nachbar

unserer Milchstraße, die Andromeda-Galaxie, ist

zweieinhalb Millionen Lichtjahre entfernt. Wie Sie ja

wissen, ist ein Lichtjahr die Entfernung, die ein

Lichtstrahl in einem Jahr zurücklegt bei einer

Geschwindigkeit von 300.000 Kilometer pro Sekunde.

Diese Dimensionen übersteigen unseren Verstand.

Das Weltraumteleskop *Hubble* soll schon Bilder von Urgalaxien zeigen, die 12 bis 13 Milliarden Lichtjahre von uns entfernt sind."

Hoppla, - Alexander staunte über die Kenntnisse des Pfarrers, er selbst hatte diese Zahlen nicht so genau im Gedächtnis. Mit diesem Wissen hatte er nicht gerechnet:

„Aber dann ist doch das Christentum eine Erfindung von Menschen, unseren Vorfahren, die noch nicht so weit ins Weltall blicken konnten?

Jesus Christus war doch nur ein jüdischer Wanderprediger, der von seinen Anhängern zu Gottes Sohn hochstilisiert wurde. Ist das nicht alles Schwindel?

Und sind die heutigen Machthaber im Vatikan nicht Menschen, die nur andere beherrschen wollen?"

„Papst Benedikt der XVI war doch auch nur ein Emporkömmling, der Sohn eines bayerischen einfachen

Ehepaars, der Vater war Gendarm und die Mutter Köchin." Er machte eine kurze Pause.

„Deren beide Söhne waren intelligent und wurden aufs Gymnasium geschickt und wurden Priester.

Und aus Josef Ratzinger wurde am Ende der Papst."

Der Pfarrer ließ sich nicht beirren:

„Aber die Tatsache, dass moderne Teleskope und Satelliten weite Blicke ins Universum zulassen, bedeutet nicht, dass es keine Geheimnisse mehr hat.

Es ist noch zu wenig erforscht, so auch die Entstehung des Universums. Ein Thema, bei dem die Wissenschaft und die Religion an ihre Grenzen geraten.

Die Wissenschaftler sagen, dass am Anfang der URKNALL war, -

am Anfang war GOTT behaupten die Kirchenvertreter."

„Aber beide glauben an einen Anfang. Nur wie dieser angefangen hat, da gehen die Meinungen auseinander", warf Alexander ein und folgerte:

„Wir einzelnen Menschen sind ja nur ein kurzer Gast auf dieser Erde und viele von uns wollen sich keine komplizierten Gedanken darüber machen, da sie die Grenzen ihrer Intelligenz sehen und vielleicht dann leichter depressiv werden."

„Es bleiben Fragen, die sich naturwissenschaftlich nicht beantworten lassen. Was war vor dem Urknall? Was ist der Sinn des Ganzen? Woher kommen Raum, Zeit und Materie? Hier kommt die Philosophie oder Religion wieder zu Wort."

Der Pfarrer antwortete:

„Die Argumente der Kirche sind, dass die Naturwissenschaft nie erklären kann, warum es eine Ordnung im Universum gibt und warum ein Universum entstehen konnte, das uns Menschen ein Leben auf der Erde ermöglicht.

Wir sagen, dass keine Wissenschaft je das Ganze der Wirklichkeit erfassen kann.

Wissenschaftliche Erkenntnisse schließen die Existenz Gottes nicht aus."

„Die Kirche sagt auch, aus dem absoluten Nichts kann nicht plötzlich etwas entstehen.

Also muss es für alles eine letzte Ursache geben - und die ist halt GOTT."

Alexander antwortete darauf:

„Aber warum soll man dann einen visionären Gott anbeten, einen christlichen Gott, der vielleicht von Menschen erfunden wurde und dessen Sohn vor 2000 Jahren von Menschen halluziniert worden ist?

Vor 2500 Jahren beteten die Griechen noch

viele Götter an, weil ihnen die naturwissenschaftlichen Kenntnisse fehlten."

„Heutzutage gehen die meisten Menschen vielleicht nur aus Tradition an Feiertagen wie Weihnachten in die Kirche oder bei Feierlichkeiten, wie Trauung, Taufe, oder Kommunion."

Er holte tief Luft:

„Sind die großen Gotteshäuser der Gotik nicht nur gebaut worden, um dem Einzelnen seine Winzigkeit und Unwichtigkeit zu demonstrieren? -

Der moderne Mensch ist ja heute noch beeindruckt, wenn er die riesigen Kirchenschiffe betrachtet.

Ich persönlich bin nur von der großartigen Kunst der Architekten oder Baumeister beeindruckt." Er fuhr fort:

„Viele Menschen wurden beim Bau zum Lob eines Gottes und der Macht der Kirche verschlissen."

„Dies war aber natürlich auch zur Zeit des ägyptischen Pyramidenbaus so gewesen. -

Ich bin der Überzeugung, dass unsere Wissenschaftler noch irgendwann die Entstehung des Universums logisch erklären können."

Der Pfarrer hatte geduldig zugehört und warf ein:

„Die alten Griechen und Ägypter haben ja bereits von der Erde aus ohne moderne Hilfsmittel den Himmel erforscht, Sterne und Planeten erkundet, nicht zu vergessen die Chinesen, die schon viel Wissen über die Himmelskörper besaßen.

Auch die Maya, die ab dem 4.Jahrhundert nach Christus bereits Tempel und Pyramiden bauten, die astronomischen Zwecken dienten.

Dann kam im 15. und 16. Jahrhundert Kopernikus, der erstmals erklärte, dass nicht die Erde, sondern die Sonne der Mittelpunkt unserer Welt sei."

„Kepler und Galileo Galilei, der von der römischen Inquisition verfolgt wurde, später auch Isaac Newton, verbesserten die Gesetze der Himmelsmechanik," fuhr Alexander dazwischen und sagte dann:

„Im 20.Jahrhundert kam schließlich Albert Einsteins Relativitätstheorie, die das Weltbild revolutionierte. Ich glaube, das war 1905. Ich muss gestehen, dass ich da, wie die meisten, nicht ganz durchblicke."

„Übrigens habe ich vor kurzem gelesen, dass ein Schriftverkehr Albert Einsteins gefunden wurde, in dem er eine antireligiöse Position vertritt. Das Wort GOTT sei für ihn nichts als Ausdruck und Produkt menschlicher Schwächen. Die Bibel sei für ihn eine Sammlung ehrwürdiger, aber doch reichlich primitiver Legenden. Für ihn seien alle Religionen eine Inkarnation des primitiven Aberglaubens."

„Er glaube nur an die Existenz einer vom Menschen unabhängigen Wahrheit, - was auch immer er damit ausdrücken wollte."

„Diese Aussage war mir bisher nicht bekannt," warf der Geistliche ein.

Alexander ließ sich nicht unterbrechen und fuhr fort: „Heute lesen wir in der Zeitung und im Internet von der Entdeckung immer neuer Galaxien. Was sich im Weltraum tut, ist schon erstaunlich."

„Es sollen inzwischen Unmengen von Satelliten oder Raumsonden um unsere Erde kreisen.

Man weiß heute, aus welcher Chemie die Sonne oder andere Sterne und Planeten bestehen. Für den Laien kaum zu glauben.

Ich wusste bis vor kurzem nicht, dass die Sonne ein glühender Gasball ist, hauptsächlich aus Wasserstoff und dem Edelgas Helium." -

„Leider sind viele Probleme auf der Erde selbst nicht gelöst.

Hunger und Armut, Kriege der verschiedenen Kulturen und Religionen. Geisteskranke, machtbesessene Diktatoren bedrohen unsere wunderschöne Erde. Der Neid ist anscheinend eine große Charakterschwäche des Menschen, die ein friedliches Leben verhindert.

Es ist so traurig, wie die Menschen sich das Leben gegenseitig schwer machen."

Der Pfarrer hatte Alexanders Monolog aufmerksam zugehört.

Er hatte sich inzwischen ein Mineralwasser dazu bestellt, da seine Kehle trocken wurde. Er hatte Spaß sich mit dem 30 Jahre jüngeren so lange zu unterhalten.

Hier wurde er gefordert.

Aber vier Gläser Wein waren selbst ihm nun genug.

„Ja, lieber Doktor, da sind noch viele Fragen offen, die man diskutieren könnte.

Vielleicht muss es einem einfach nur gegeben sein, zu glauben.

Viele Menschen kommen durch ihren Glauben einfach besser durchs Leben. Im fortgeschrittenen Alter, nach der Halbzeit des Lebens, denkt man ja schon öfter an den Tod als in jungen Lebensjahren."

„Da haben Sie Recht, Herr Pfarrer, diese Erfahrung habe ich in meinem Beruf auch gemacht. Sie haben ja sicher neben den schönen Dingen in Ihrem Beruf auch viel mit Trauerverarbeitung, z.B. bei Unglücksfällen, zu tun. Das ist sicher der schwierigste Teil Ihrer Aufgabe, die Sie sich da erwählt haben."

„Da mögen Sie Recht haben", war die Antwort.

Die Wirtin, die gleichzeitig die Bedienung war, trat an

ihren Tisch: „Darf ich abkassieren, meine Herren, wir

möchten bald schließen!"

Alexander sah auf die Uhr, es war schon nach 23 Uhr.

Die Zeit war wirklich schnell vergangen.

Sie verabschiedeten sich herzlich und Alexander

versprach, den Pfarrer eines Tages zu besuchen.

Vielleicht überfiel ihn mal die Lust einen seiner Abend -

Gottesdienste anzuhören.

Lisa wollte bald, wie sie in der letzten Zeit öfter andeutete, eine Familie gründen mit mindestens zwei Kindern. Da wäre ein fester Wohnsitz mit regelmäßiger beruflicher Tätigkeit und einer sicheren Existenz optimal.

Aber wenn sie Alexander irgendwann doch auf die Schliche kämen, wäre alles zerstört.

Er müsste vielleicht nicht ins Gefängnis, bekäme Bewährung. Lisa würde ihn sicher nicht fallen lassen.

Aber was wäre mit dem Geld, das er verdient hatte, müsste er es dann komplett zurückzahlen?

- Nicht auszudenken.

Er hatte es ja unter betrügerischen Umständen unrechtmäßig erhalten.

Diese Tatsachen wurden ihm jetzt erst richtig klar.

Falls er dann die Praxis übernommen hätte und bereits Kinder, und vielleicht ein Haus, und es würde alles auffliegen, was wäre das für eine Katastrophe.

Die Familie müsste sofort wegziehen, sie würden ihre

neuen Freunde verlieren.

Die Kinder würden ihre Heimat verlieren.

Schrecklich, wie das enden könnte, - die

Wahrscheinlichkeit war groß.

Die Welt war so klein, man konnte schnell durch Zufall

mal einem Bekannten von früher über den Weg laufen,

und dieser würde sich dann wundern, dass er plötzlich

hier als Arzt tätig war.

Sogar im Urlaub bei weit entfernten Reisezielen waren

ihm schon Bekannte über den Weg gelaufen.

In einer Praxis hatte einmal ein Sportler gesagt, dass er

im Internet nachschauen wolle, wie Alexander bei den

Punktspielen seines Tennisclubs abgeschnitten hätte.

Da war es ihm schon kalt den Rücken hinuntergelaufen.

Was war das für ein hohes Risiko, das er bisher

eingegangen war.

Mit einer zukünftigen Familie könnte er das nicht mehr wagen.

Er hatte Glück gehabt, dass ihm bei der Behandlung noch nie etwas passiert war.

Bei Gericht hätte er seinen Personalausweis zeigen müssen.

Er müsste für die Zulassung als Hausarzt sicher Zeugnisse im Original vorlegen, diese waren bestimmt ganz schwer zu fälschen, allein da könnte er schon auffliegen.

Oder sollte er gleich als Arzt ins Ausland gehen, zum Beispiel in die Schweiz, wohin jetzt viele Ärzte vor der deutschen Bürokratie flüchteten?

Er rief bei Dr. Mayer an, und gab ihm mit etwas stockender Stimme die Absage, mit der Begründung, dass er im neuen Jahr bei einer Pharmafirma in Berlin einen sehr guten Job im Angestelltenverhältnis angenommen habe. Als Honorararzt würde er in Zukunft nicht mehr arbeiten.

Der liebe Dr. Mayer war sehr traurig, hatte aber Verständnis für diese Entscheidung. Wie sollte er seinen Angestellten diese negative Nachricht mitteilen? Davor hatte er schon etwas Bammel, denn sie waren schon alle voller Hoffnung und er stellte sich ihre enttäuschten Gesichter vor.

Alexander sagte auch allen Ärzten ab, denen er für das nächste Jahr schon die Zusage als Praxisvertreter gegeben hatte.

Per email meldete er seine Dienste auch bei der Stelle für Ärztevertreter ab, die ihn in der Anfangszeit vermittelt hatte.

In den nächsten Tagen wollte er zur Agentur für Arbeit gehen, um sich über die Unterstützung für eine Ausbildung zum *qualifizierten Notfallsanitäter,* der ab 2014 den Rettungsassistenten ersetzen sollte, zu informieren.

Ja, er wollte weiterhin den Menschen helfen – und in dieser neuen Berufsbezeichnung sah er eine große berufliche Zukunft bei der immer weniger werdenden Anzahl von Hausärzten in ländlichen Regionen.

Er ging zum Friseur, er hatte das Bedürfnis, sich eine ganz neue Frisur machen zu lassen. An einem Optiker-Geschäft kam er vorbei und hatte plötzlich die Idee, sich eine Brille zu kaufen, - mit einem schwarzen Gestell.

Er wollte sein Äusseres verändern.

Am Abend saß er vor dem Fernsehgerät, als Lisa nach Hause kam.

Sie gab ihm einen Kuss, setzte sich neben ihn und sah ihn von der Seite an und sagte:

„Schatz, ich bin froh, dass du jetzt wieder öfter bei mir bist, deinen Zweitjob solltest du wirklich nicht mehr ausüben!"

Sie hatte seine psychische Anspannung der letzten Wochen gespürt.

Sie hatte schon über ein Jahr von seinem Doppelleben gewusst, da einmal eine Urlaubskarte mit eindeutigem Hinweis von einer Praxismitarbeiterin an ihn gerichtet, angekommen war.

Lisa hatte diese Ansichtskarte dann sogleich vernichtet.

Sie hatte damals auch in einem unbeobachteten Moment seine Arzttasche, die er als Sanitätstasche bezeichnete, inspiziert, in der sich ein gefälschter Arztstempel befand.

Der Autor *Sandro zu Gumppental,*

der unter einem Pseudonym schreibt,

lebt nun als Arzt im Pensionsalter

in der bayerischen Provinz.

Neben dem Schreiben sind seine Hobbys

die Acrylmalerei und das Klavierspiel.

Er liebt Tennis und Fußball im Fernsehen

und ist selbst noch aktiver Tennisspieler

und Mountainbiker.

„ Der Roman EIN WUNDERBARER ARZT

- Die unglaubliche Geschichte eines Hochstaplers -

ist eine unterhaltsame, spannende, aufklärende und kritische

Erzählung mit einem Schuss Erotik.

Ich habe nichts vergleichbares gelesen."

Dr.med. Frieder A.